# （元）若頭社長の寵愛本能のなすがまま

〜甘やかし尽くして、俺の色に染めてやる〜

m a r m a l a d e b u n k o

河 野 美 姫



marmalade bunko
マーマレード文庫

目次

# (元)若頭社長の寵愛本能のなすがまま
## ～甘やかし尽くして、俺の色に染めてやる～

# （元）若頭社長の寵愛本能のなすがまま

## ～甘やかし尽くして、俺の色に染めてやる～

# プロローグ

世間が浮き立つような雰囲気に包まれる、クリスマスイヴ。

夜空から降る雨の中に、雪がチラチラと混じり始めた。

白い息を吐く私――桜田《さくらだ》鈴音《すずね》は、職場である『半澤《はんざわ》総合《そうごう》病院《びょういん》』の正面玄関前でスマホを片手に立っていた。

「蘭子《らんこ》、ちゃんと晩ご飯食べた？」

『食べたよ～。もうお風呂も入って、これから課題する』

耳に当てたスマホからは、妹の蘭子の明るい声が聞こえてくる。

「冬休みの？」

『うん、そうそう。早めに終わらせて、お正月はのんびり過ごすの』

「相変わらずしっかりしてるね」

特に変わった様子がないことにホッとした。

「じゃあ、戸締まりはしっかりしてね。仕事が終わったらすぐに帰るけど、年末は特に物騒だから」

『わかってるってば。お姉ちゃんは心配性なんだから』

そう言われても、心配しないはずがない。

東京都《とうきょう》にある自宅の小さなアパートでは、まだ高校二年生の妹がたったひとりでいるのだ。

「心配性なくらいでちょうどいいの。蘭子は大雑把なところがあるんだから」

『戸締まりくらいちゃんとしますー！』

頼れる家族がいない私たちは、二人暮らし。

看護師という職業柄、夜勤を免れない私は、帰れない夜にはいつも蘭子のことが心配で仕方がない。

反して、しっかり者の蘭子は飄々としたもの。

夜勤の休憩時間を利用して電話をしても、毎回こうして軽くあしらわれてしまう。

「とにかく気をつけてね。それと、今夜は特に冷えるから暖かくして寝てね」

『はいはい。お姉ちゃんこそ、仕事頑張ってね』

「うん、ありがとう」

笑顔で「じゃあね」と言い、通話を終える。

どんよりとした空からは、相変わらず雨と雪が降っていた。

「ううっ、寒い……」

ダウンコートを纏った体でも、今夜の寒さは身に沁みる。

体の芯から冷え、たった数分で指先がかじかみそうだった。

ポケットにスマホを戻して首を竦めたとき、救急車のサイレンが聞こえてきた。

近づいてくるサイレン音に反射的に身構えるような気持ちになるのは、職業病に近いのかもしれない。

すぐに姿を現した救急車が、専用の駐車スペースで停まった。

トランクが開くよりも早く、院内から数人のスタッフが出てくる。

救命の看護師たちの中に、当直の医師がひとり。患者様を乗せたストレッチャーを四人で囲んだ。

スタッフの隙間から見えたのは、三十代中盤くらいの男性だ。

白いシャツは汚れて、右の脇腹あたりに大量の血が滲み、黒いスラックスも濡れているようだった。

シャツ越しにはナイフのようなものが刺さっている。

（刺傷……かな？）

「三十代男性、刃物で右腹部を刺されたようです。出血がひどく、さきほどから呼びかけに答えなくなりました」

「わかりますか？　病院ですよ！」

痛々しい傷に目を奪われていた私は、緊迫した声にハッとする。

直後、男性の顔が見えた。

瞼を閉じているにもかかわらず、くっきりとした二重瞼なのがわかる。

歪められた眉からは苦しみが伝わってくるようでありながらも、高く通った鼻梁や薄い唇は作り物のように美しい。

黒い髪が美麗さを際立たせているようでもあり、思わず見入ってしまった。

「……っ！」

刹那、小さく呻くように息を吐いた彼の目が開き、視線が交わる。

その双眸はすべてのものを射抜くように鋭く、大怪我を負っているとは思えないほどの力強さを纏っている。

まるで強烈に惹きつけられるようで、瞬きをするのも忘れてしまう。

雪時雨の中、聖夜に似つかわしくない男性から目が離せなかった――。

# 一章　初めての感情

## 一　特別室の患者

師走の最終日。

神奈川《かながわ》県内にある半澤総合病院では、今日も医師や看護師たちが粛々と業務をこなしていた。

もちろん、外科に配属されている私も例に漏れず。

「桜田さん、投薬チェックは？」

「さっき済ませました。午後のバイタルチェックに行ってきます」

バイタルチェックは基本的に朝一番に行うけれど、病状などによっては午後や夜にも必要な患者様がいる。

病室に行くと、いつも通りに声をかけてバイタルチェックを済ませた。

ちょっとした会話から体調の変化が見えることもあるため、どんなに忙しくても言葉はきちんと交わすように心掛けている。

その後、患者様の状態をタブレット端末に記録し、次の病室へと急いだ。

今日はもうすぐ救急病棟から新しい患者様がやってくることもあり、ほんの隙間時間もないほどに忙しい。

大晦日というだけでも慌ただしいのに、午前中に退院する患者様が二名いたこともあいまって、スタッフたちは多忙を極めていた。

私も仕事がまだ山積みで、ナースステーションに戻るわずかな時間も次の業務のことで頭がいっぱいだった。

半澤総合病院は、東京都の大田《おおた》区に隣接している神奈川県の中原《なかはら》区にある。

県内ではそれなりの規模を誇る医療機関で、立地柄、状況によっては都内から搬送されてくる患者様も多い。

また、透析専門の病院や介護施設、看護専門学校も経営しており、現在は半澤総合病院の本館に隣接している敷地にがん専門の医療センターを建設中だ。

三年前には小児外科専門の病棟が設立され、今では一番注目されている。

そして、小児外科病棟の設立と同時期に、本館である十三階建てのこの病棟の十階には特別室もできた。

特に、小児外科や外科の評判は高く、紹介状を携えてやってくる患者様も後を絶たない。

「……で、誰が担当する？」

ナースステーションに戻ると、スタッフたちが緊迫した雰囲気を纏っていた。

「どうかしたんですか？」

「ほら、もうすぐうちに来る患者よ。誰が担当するかって話」

主任の三木《みき》さんは、眉を寄せている。

「三木さんでいいじゃない。ちょうど今日、受け持ちがひとり退院したんだし」

「私、子どもがまだ小さいので！」

「それは関係ないでしょ」

「ありますよ！　だって、例の患者ってあっち系の人なんですよね？　恨みは買いたくないです！」

師長の曽我部《そかべ》さんと三木さんの会話を聞いているスタッフたちは、関わりたくないといった空気感を醸し出している。

理由は、恐らくその患者様が『危険な人物』という噂で持ち切りだからだ。

三木さんが救命救急科のスタッフから聞いた話では、『どう見てもその筋の人』なのだとか。

お見舞いに現れるのは、見るからに真っ当じゃなさそうな人たちばかり。その上、患者様本人の背中一面には〝怪しげな絵〟があるらしい。

(要するに、ヤクザってこと……だよね？)

過去にもその筋の人が入院していたことがあるけれど、あまりいい印象はない。同僚たちも同じなのか、誰もが受け持つことを嫌がっているのが明らかだった。

「桜田さんはどう？」

「え？」

唐突に話を振られ、私は三木さんを見ながら目を見開いた。まさか自分が指名されるとは思わず、油断していたから。

「えっと……」

半澤総合病院付属の三年制の専門学校を卒業して就職し、今年で三年目。

まだまだ未熟だけれど、看護師として自覚と責任感を持って仕事に臨んできた。

相手がどんな人であろうと、患者様には分け隔てなく接しているつもり。

今回の件も、同僚たちほど嫌だとは思っていなかった。

不安がないと言えば嘘になるけれど、いくらなんでも病院内で身の危険を感じるようなことはないだろう……と考えているからだ。

数人からの物言わぬ視線を受け、小さく頷いた。

「わかりました。じゃあ、私が担当しますね」

周囲にいた同僚たちが、あからさまに安堵の表情を浮かべる。

私は苦笑しそうになりながらも、パソコンで電子カルテを開いた。

名前は鳳《おおとり》千《ち》隼《はや》。三十六歳の男性。

十二月二十四日に右腹部の刺傷によって搬送され、二時間以上に及ぶ手術を受けたのち、ＩＣＵに入院。

「傷は深かったみたいなのに、神経も内臓も無事だったんですね」

「そうそう。運がいいわよね〜。普通なら一週間で一般病棟には移れないだろうし」

私の呟きを拾った三木さんが、うんうんと頷いている。

（あれ？　十二月二十四日で、刺傷？　これって、もしかして……）

必要な情報に目を通すさなか、ふとクリスマスイヴのことが脳裏に過った。

あの夜のことは印象に残っている。

雪時雨の中、苦悶の表情で運ばれてきた男性。

彼が目を開けたとき、確かに視線が交わったのだ。

（たぶん、あの人が鳳さんだよね……？）

とても〝綺麗な人〟だった。

男性に使う言葉じゃないのかもしれないけれど、きっとそれが一番合っている。

あんなに重症だったのに、鋭い双眸は力強く、まるで金縛りにあったようにしばらく動けなかった。

(見た目だけなら、そんなに悪い人には思えなかったけど……実際に喋ったわけじゃないし。とにかくなにも起きなければいいな)

私の中にある彼への印象は、まだ外見のことのみ。

どんな人なのかはわからないけれど、相手が患者様である以上は普段通りに業務をこなすだけだ。

特別室である一〇〇三号室に鳳さんがやってきたのは、一時間後のことだった。

クイーンサイズのベッドに、景観のいい大きな窓。

ローテーブルを囲んでいるのはイタリアの一流ブランドのレザーソファで、部屋全体が高級ホテルの一室のようになっている。

その分、一泊の入院費用も一般的な病室とは比べ物にならない。

特別室を希望するのは、大企業の社長や隠居された会長、ときに芸能人など、とにかくハイスペックな人が多い。

「今日から鳳さんを担当いたします、看護師の桜田と申します。なにかありましたら、私以外の看護師でも構いませんので遠慮なくお声がけくださいね」

彼は無愛想に頷いただけで、私の目をきちんと見ることもない。

特に危険は感じないものの、取っ付きにくそうなイメージを抱いた。

（気難しそうな人だけど、危害を加えられなければいいか……）

静かすぎる雰囲気の中、とりあえず特別室の説明や注意事項を伝えていく。

鳳さんは一般病棟に移ってきたとはいえ、まだ安静にしていなくてはいけない。

お風呂やシャワーの許可は出ておらず、自由に出歩くなんて以ての外。

担当医の山川《やまかわ》先生からは、『動いてもいいのは、病室内にあるトイレを使用するときのみ』と言われている。

「今はまだ安静にしていただかないといけませんが、三日後には体を拭いて髪を洗えますから、もう少しだけ我慢してくださいね。お手洗いに行かれる際には必ずお声がけください」

彼からは返事はなく、私はバイタルチェックをしてからタブレットに記録し、淡々と業務をこなした。

（それにしても、やっぱり綺麗な人だな）

二重瞼に似合わない鋭い目つきに、力強そうな凛々しい眉。まるで絵に描いたように線が通った鼻梁に、どこか色香のある薄い唇。

うなじにつくくらいの長さの髪は、右サイドは流して形のいい耳朶が見え、左側は前髪を斜めに下ろしている。

濡れ羽色のような黒髪は艶やかで、一週間も床に伏している怪我人とは思えない。

筋肉がしっかりとついている体躯は、カルテによると一八二センチなんだとか。

美丈夫と形容したくなるような外見に、思わず見入ってしまいそうになる。

私は横目で鳳さんを見ながら、彼がクリスマスイヴに搬送されてきた男性だったことを確信した。

点滴を確認するときに上腕のあたりがチラリと見え、そこに〝普通じゃない絵〟があることには気づいたけれど、すぐに視線を逸らして業務に集中する。

「では、私はこれで失礼いたします」

結局、鳳さんは最初に私を一瞥しただけだった。

会話ができなかったため、彼がどんな人なのかもよくわからない。

（今日は初日だし、少しずつ信頼してもらえるようになるしかないよね。それにして

も、外科まで戻るのは不便だなぁ）

十階にある五室はすべて特別室だけれど、七階の外科からは少し距離がある。

これまでにも外科の入院患者様の中に特別室を希望される人はいたし、私も足を踏み入れたこと自体はあった。

ただ、特別室に入院する患者様をきちんと受け持つのは初めてだった。

不安と緊張はあるけれど、できるだけ患者様に寄り添った看護を提供したい。

（でも、外科病棟ほどすぐに駆け付けられないんだよね。その分、頻繁に様子を見に行かなきゃ。コミュニケーションももう少し取れるといいんだけど）

鳳さんは無愛想だったけれど、今のところ怖そうなイメージはない。

とはいえ、これからしばらくの間は気を揉みそうだった。


その後も業務をこなし、一時間ほどが経ってから再び特別室を訪れた。

ノックをして「はい」という返事を待ち、ドアをそっと開く。

「鳳さん、体調はいかがですか？　……って、なにしてるんですか!?」

目を真ん丸にする私の視線の先にいる鳳さんは、ベッドを起こしてノートパソコンに向かっている。

「仕事だ」

気難しそうに眉を寄せていた彼が、私を見もせずに答えた。

「ダメですよ！　鳳さんはまだ絶対安静です。食事とトイレ以外では起き上がるのも許可されてません！」

ギョッとして慌てて止める私に反し、鳳さんは手を止める気がないようだ。

ベッドの傍には、スキンヘッドの男性と茶髪の男性が立っていた。

スキンヘッドの男性は、目つきの鋭さを助長するように目と眉の間に傷がある。

茶髪の男性は、明るい色のミディアムヘアと複数のピアスから、やんちゃな雰囲気が漂っている。

「お仕事なんて以ての外です」

一瞬怯みそうになりつつも注意をしたけれど、鳳さんとスキンヘッドの男性は私の話なんて耳に入っていないような態度だ。

「鳳さん！」

仕方なく語気を少し強め、ディスプレイを隠すように手をかざした。

「今はいけません。お仕事が大事なのはわかりますが、まずは体を休めてきちんと傷を治すことが先決です」

すると、鳳さんの目が私に向けられた。

「別にもう痛くない。手をどけろ」

苛立ちを含んだような声と鋭い視線に射抜かれ、再び怯みそうになってしまう。

「痛くないのは痛み止めが効いてるからです。今は大丈夫でも傷に障ります」

それでも、看護師として引くわけにはいかなかった。

「平気だ。この程度の傷、どうってことはない」

「なに言ってるんですか！　鳳さんは出血量も多くて、搬送直後は本当に危険な状態だったんですよ！　たったの一週間では仕事ができるほど回復しません！」

どちらも譲らず、彼の顔に不満があらわになっていく。

「だとしても、この程度じゃ死なない」

糠に釘、暖簾に腕押し……。そんなことわざが脳裏を過る。

「明らかに顔色が悪いですし、平気なはずがないんです。とにかく、今は安静にしていてください」

私がしつこく言い募ると、鳳さんが深いため息を吐いた。

「もういい。うるさくて仕事どころじゃねぇ」

ノートパソコンを閉じると、スキンヘッドの男性がサッとそれを持つ。

「すみませんが、バイタルチェックをさせていただきます」

急いで血圧と心拍を測ると、ごつごつした右手がやけに熱い。

彼は無理をしたせいか、発熱したようだった。

「ドクターを呼びますから、このまま横になっててください」

足早に病室を出てすぐ、「あの！」と呼び止められた。

振り返ると、鳳さんの傍にいた茶髪の男性が走ってきていた。

「さっきはありがとうございました」

唐突に頭を下げられ、戸惑いながらも体ごと向き合う。

「千隼さん、俺が『安静にした方がいいですよ』って言っても聞いてくれなかったんで、看護師さんが言ってくれて助かりました」

「それが仕事ですから」

「あの……千隼さんが怪我したの、俺のせいなんです。千隼さん、俺を庇って刺されて……。だからっていうのは変ですが、千隼さんのこと、よろしくお願いします」

眉を下げる男性には、周囲から聞いていたような危険な雰囲気はない。

「看護師として、精一杯看護させていただきます」

「ありがとうございます！　あ、俺、新塚要太《にいづかようた》って言います。さっき一緒にいたのは楠《くすのき》志熊《しぐま》さんです。俺は志熊さんって呼んでます」

いきなり人懐っこい笑顔を向けられて、「はぁ……」としか返せない。

「毎日お見舞いに来るので、俺にできることがあればなんでも言ってください」

ただ、悪い人じゃなさそうだということだけはわかった。

「それじゃあ、ひとまず病院内では走らないでくださいね」

「あっ、すみません……！」

あまりに素直な態度に、緊張感が解けていく。

私が「ドクターを呼んできますね」と言うと、新塚さんは笑顔で戻っていった。

(なんだ、噂で聞いてたよりも全然普通の人じゃない。みんな、見た目で判断しすぎじゃないかな?)

仕事をしていた鳳さんには驚かされたけれど、新塚さんは特に悪い印象はない。

これなら、思っていたほど身構える必要もなさそうだ。

不安が解れたせいか、医局に向かう足取りが心なしか軽くなった気がした。

鳳さんが外科に転科してきてから、三日が経った。

初日以降も、彼の様子を見に行けば必ずと言ってもいいほど仕事をしている。

いくら止めても聞いてくれず、山川先生もお手上げ状態だった。

楠さんと新塚さんは毎日お見舞いに来ているけれど、私が見る限りでふたりが鳳さんを止めている雰囲気はない。

どうやら、鳳さんはどこかの会社の社長で、彼らは部下のようだ。

鳳さんのことを『社長』と呼んでいたふたりにしてみれば、立場上あまり強くは言えないのかもしれない。

「鳳さん、これから洗髪と体を……ってまたですか！」

今日も朝から何度か様子を見に来ていたけれど、彼は私の制止を聞かずにノートパソコンを開いている。

一時間前にも注意をしたはずなのに、よほどワーカホリックなんだろうか。

「もう！　ダメって言ってるじゃないですか！　外科に移ってきた初日に先生からも注意されたの、忘れたんですか？」

思わず目くじらを立てそうになる私に、鳳さんが眉をひそめる。

「医者は『無理はしないように』と言ってただけだ」

（それは、注意されたあなたが凄んだからです）

言いたいことを呑み込んだ代わりに、呆れ交じりのため息が漏れてしまう。

「とにかく、これから髪を洗って体を拭きましょう」

注意しても無駄だとわかっているため、今は業務を優先することにした。

「それならシャワーを——」

「シャワーの許可はまだ出てませんので、洗髪と清拭で我慢してください」

鳳さんは深いため息をつきつつも、ノートパソコンを閉じた。

相変わらず口数は少ないし、無愛想で言うことも聞いてくれず、なにを考えているのかはよくわからない人だけれど、今日は諦めてくれたらしい。

「先に髪を洗いますね。そのあと、体を拭きましょう」

ただ、笑顔で説明する私に反し、彼はどこか不服そうだった。

シャワーを浴びたい気持ちはわかる。

けれど、主治医の許可が出ていない以上は我慢してもらうしかない。

広いバスルームの一角には、洗髪用のシンクとフルフラットのチェアがある。有名なヘアサロンでも使用されているもので、患者様から好評だった。

そこに寝てもらい、洗髪を始める。

一流ブランドのシャンプーで髪を洗う間、鳳さんは身を委ねてくれていた。

彼にはまだ心を開いてもらえていないけれど、どうやらリラックスしてくれているようだった。

気持ちいいのか、ときおり息をゆっくりと吐いている。

丁寧に洗髪をして髪を乾かしたあとは、ベッドに戻ってもらった。

「じゃあ、次は体を拭きましょうね」

「それは自分でやる」

「まだ傷口が塞がってませんし、きっと大変ですよ。それに、傷口が痛むはずなので後ろは手が届かないと思います。せめて、背中は拭かせていただきます」

「いや、だから……」

なにかを言いかけた鳳さんは、程なくしてため息をつき「わかった」と頷いた。

あっさりと引き下がられて拍子抜けした反面、受け入れてもらえて安堵する。

彼に病衣を脱いでもらっている間に清拭用のタオルを用意して振り返ると、視界に飛び込んできた光景に目を見開いた。

背中から肘の近くまで広がる、水墨画のような刺青。

鳳さんの背中には、美しい獣がいたのだ。

狼とも犬ともつかない姿のそれは、精緻で艶やかな銀の毛を纏っている。

大きく開かれた口から覗く牙は肉食獣を思わせ、地を踏む鋭利な爪は人間の皮膚や肉程度なら簡単に抉り取ってしまいそう。

叢雲に浮かぶ満月の下、金色の輝きを湛えるような瞳は今にも獲物を一瞬で噛み殺そうとするほどの殺気を携えている。

彼の背を守るようなその獣と目が合った瞬間、背筋がゾクリと粟立った。

（なんだか怖い……。でも……）

けれど、感じたのは恐怖心だけじゃなくて――。

「綺麗……」

思わず零れていたのは、そんな言葉だった。

「え？」

目の前の獣に魅了されたのか、それとも惑わされているのか。よくわからない。

私を見据える獣がただ純粋に美しく思え、鳳さんにとても似合っていた。

ぼんやりとしていた私は、視線を感じてハッとする。慌てて顔を上げると、彼はわずかに驚いたような面持ちをしていた。

「あっ……すみません」

「……いや」

「えっと、失礼します」

返事がない鳳さんの腹部の包帯を取り、脇腹の大きな傷を保護しているテープを避けて体を拭いていく。

首から腹部、そして背中。いつも通りの作業で、実習中から数えると何度こなしたかわからないほど慣れている看護のうちのひとつ。

それなのに、鍛え上げられた逞しい体を拭く間、なんだかドキドキしてしまった。

（私、緊張してるのかな……）

彼の全身には、無数の怪我の痕がある。

刺傷や銃創のようなものが、腕や足、腹部に点在している。

一方、背中だけは無傷で、そのせいか余計に刺青が魅惑的に見えた。

看護師をしていれば、刺青を見ることはある。

タトゥー程度のものや、それなりに本格的なものも目にしてきたけれど、これまでは特になんとも思わなかった。

それなのに、今は目の前の獣に魅了されたかのように何度も目を奪われてしまう。

できるだけ早く終わらせないといけないと思う反面、もう少しだけ鳳さんが背負っている獣を見ていたかった。

## 二　不思議な人

新年を迎え、三が日が過ぎた。

四日の今日は、今年初めての休み。

半澤総合病院の病棟看護師の勤務形態は、二交代制が取り入れられている。

八時半から十七時半の日勤、十七時から翌九時の夜勤。

日勤は一時間、夜勤には三時間の休憩があり、夜勤は月に四回から五回だ。

長時間の夜勤はきついけれど、夜勤明けの翌日と翌々日は休みがもらえる。

一週間のうち、日勤が三、四回と夜勤が一回というシフトになる。

私の場合は、昨日が夜勤明けで今日と明日が休み。

三交代制だと八時間勤務で済む反面、どうしても生活リズムが狂いやすい。

そのため、昨日を入れればほぼ丸三日ゆっくりできる二交代制の方が生活リズムは整えやすいと思っている。

うちは高校生の蘭子と二人暮らしだから、三交代制の準夜勤や夜勤で夜に頻繁に家を空けることになるより、長時間であっても夜勤の回数が少ない方がありがたい。

「お姉ちゃん、甘酒だって」

お昼前に近所の神社にやってくると、蘭子は境内の片隅に視線を遣った。

今日まで甘酒が振る舞われているようだ。

「お参りしてからいただこうか」

「うん」

初詣には、毎年必ず家族で訪れる。両親が生きていた頃からそうだったように、我が家の恒例行事なのだ。

(今年も蘭子とふたり、無事に過ごせますように)

「お姉ちゃん、なにお願いした？」

笑顔を向けてきた蘭子に、目を細める。

私とそっくりだと言われる大きな二重瞼の目が、興味深そうにこちらを見ている。

「内緒。蘭子は？」

「内緒～！」

蘭子と顔を見合わせて笑い、甘酒をいただいた。

寒さで赤らんだ蘭子の頬を見ていると、ふと子どもの頃を思い出す。

私と蘭子は、昔からよく似ていると言われてきた。

厚くはない唇に、少し小さい鼻。

顔は全体的に色素が薄いのも含めて、母譲りのもの。

鎖骨まで真っ直ぐに伸びた髪は染めたことがないため、姉妹揃って艶やかな黒だ。

ロングヘアに憧れていた蘭子の髪は、私よりもさらに十五センチほど長い。

母も髪が長かったから、最近は蘭子を見ていると母を思い出すことが多くなった。

「お父さんたちも甘酒飲んでるかな」

小さく零された言葉に「そうだね」と頷けば、蘭子が寂しそうに微笑んだ。

病弱だった母は、私が今の蘭子の歳、高校二年生のときに亡くなった。

私が物心ついた頃から、母は入退院を繰り返していた。

家にいても寝込むことは珍しくなく、今となればよく子どもをふたりも出産できたな……と思う。

どこかへ出掛けるときはいつも、父や母方の祖父母と一緒だった。

けれど、その祖父母は私が中学生の頃に立て続けに逝去し、働き者だった父も私が専門学校を卒業した直後にこの世を去った。

父は過労で、倒れたその日に帰らぬ人となった。

私はその頃、すでに半澤総合病院への就職が決まっていた。

通っていた『半澤看護専門学校《はんざわかんごせんもんがっこう》』は、半澤総合病院に就職して三年間働けば奨学金が免除される仕組みになっている。

奨学金の返済を抱える心配がなかったこともあり、看護師ならなんとか生活できるだろう……と考えて、蘭子と相談した上でふたりで生きていくと決めた。

それがまだ、三年ほど前のこと。

姉妹ふたりでも生活できているのは、ひとえに職場環境に恵まれているから。

シフト制ではあるけれど、待遇も福利厚生もしっかりしている。

細々と暮らしていくなら問題はなく、おかげで私ひとりの給料でもなんとかやっていけているのだ。

それに、しっかり者の蘭子は、勉強を疎かにすることなく家事も分担し、『自分のスマホ代とお小遣いくらいは稼ぐよ』と言ってバイトも頑張ってくれている。

蘭子の協力がなければ、今の生活は成り立たない。

とはいえ、今年は受験生になる蘭子の負担を少しでも減らしたかった。

「蘭子、今年はバイトしなくていいからね。それよりも、受験勉強に集中してほしいし、お小遣いも少しくらいなら渡せるから」

「何度も言ってるけど、私は受験なんてしないよ。卒業したら就職する」

いつものやり取りに、思わずため息が漏れそうになる。

蘭子は成績優秀で、通っている高校の偏差値は都内で上位に入る。

しかも、テストでは毎回十位以内をキープしており、大学はある程度選べるはず。

それなのに、頑なに就職を希望しているのは、私たちには生活費以外にもお金が必要だから。

残念ながら我が家には遺産はなく、それどころか父が遺した借金があるのだ……。

「借金だってまだ残ってるんだし、二馬力で働けばもっと早く返せ――」

「鈴音ちゃん、蘭子ちゃん、あけましておめでとう～！」

責任感を滲ませたような蘭子を見ながらどうしたものかと思っていると、軽薄な声が鼓膜を突いた。

「中津川《なかつがわ》さんと倉田《くらた》さん……」

アパートの前に停まっていた車から降りてきたのは、金融会社の人間だった。

派手な紫色の花柄のシャツに黒いジャケットを着た中津川と、龍が描かれた趣味の悪い青色のスカジャンを羽織っている倉田は、四十代前半くらいだろう。

ふたりとも、首筋に奇妙なヘビの刺青がある。

「あんたたち、なんでここに……」

蘭子が嫌悪感を見せると、彼らはニヤニヤと笑って私たちの前に立ちはだかった。

「蘭子、先に家に入ってて」

「でもっ……！」

「いいから言う通りにして！」

珍しく私が語気を強めたからか、蘭子は彼らを気にしながらも部屋に入った。

二〇二号室のドアが閉まるのを横目で確認し、中津川たちを見る。

「どういったご用件ですか？　今月分はちゃんとお支払いしてるはずですけど」

借金は、毎月必ず一日に振り込んでいる。

今月は元日早々、仕事の休憩中に院内のコンビニから送金したのだ。

「つれないね～、鈴音ちゃん。手っ取り早く稼げる仕事は嫌だって言うから、親切に毎月ちまちま返すのを許してあげてるのに、そんな態度でいいと思ってる？」

「っ……すみません……」

「それよりさ、いい加減に転職すれば？　割がいいとこ、紹介するよ？」

「いえ、それは……。きちんと働いて返しますから……」

「おいおい、それじゃあ何年経っても返済できねぇよ」

右隣に次から次へと言葉を吐く中津川が、左側には下品な笑みを浮かべる倉田が立ち、ふたりに囲まれてしまう。

彼らの身長は一七〇センチもないだろう。

けれど、この状況で大人の男性ふたりに挟まれると、さすがに委縮した。

「じゃあ、妹に訊いてみるか」

後ろは塀しかなく逃げ道を閉ざされた私に、ゾッとするような提案が落とされた。

「蘭子ちゃんは高校出たら就職するんだろ？　いい仕事紹介してあげるよ～ってな」

「やめてください！　蘭子にそんなことっ……！」

反射的に声を上げてしまったあとで、アパートの前だということを思い出す。

誰かに聞かれていないか気にしながら、心と声音を落ち着かせようと努めた。

「……毎月お約束した分は振り込んでますし、残りも必ずお返ししますから」

「ああ？」

肩にかけられた中津川の手を反射的に振り払うと、彼に胸ぐらをグッと掴まれた。

顔が近くなり、恐怖心と嫌悪感が一気に湧き上がる。

「それで本当に返せると思ってるなら、頭の中はお花畑だな」

凄むような目で睨んだ中津川が、硬直した私を前に「まあいいや」と呟く。

「今日は新年の挨拶代わりに来ただけだからな。来月もしっかり返してくれよ」

そう言い置き、中津川と倉田はこの場から立ち去った。

無意識のうちに漏れた大きな息が、緊張していたことを語っている。

震えそうな足をごまかすように深呼吸をひとつして、蘭子に心配かけまいと笑顔で家の中に入った。

「お姉ちゃん！　大丈夫だった!?　あいつらになにかされたり――」

「大丈夫だよ」

強がって笑っても、蘭子は明らかに納得していない様子だったけれど……。

「それより、お昼はどうする？　初詣で体が冷えたから、うどんでも作ろうか」

私が明るく振る舞い続けると、不安そうにしながらも小さく頷いた。

その後も平静を装っていたものの、夜になってベッドに入ると不安に襲われた。

深夜の部屋は静かすぎて、何度目かわからない深いため息がよく響く。

残りの借金は、三百万円ほど。

２ＤＫのアパートは、家賃は格安ではあるけれど、姉妹で住むには心許ない。

築三十年を超える建物は、セキュリティシステムなんて縁がない。

そこで生活している私たちは、光熱費や生活費をできる限り節約し、毎月十二万円を返済に充てている。

父の保険金も返済に使った。

それでも、利子が高い『ハピネスローン』への借金は一向に減らないのだ。

父方の祖父母は、関西で年金暮らしをしていて頼れない。

ふたりとも年齢的にも介護が必要になってくる頃で、あまり裕福ではないのもわかっているから、借金の件を相談したことはなかった。

さらには、父方の祖父母は両親の結婚に反対していたようで、蘭子と私のことをよく思っていないのも知っている。

(それでも、事情を話せば少しは援助してもらえるのかもしれないけど……。元日に電話したとき、ふたりとも最近は病院に通ってるって言ってたし……)

本来なら、娘である私たちが借金を返す必要はないのかもしれない。

法律のことはよくわからないけれど、然るべきところに相談すればなにかしらの手立てもあるのかもしれない。

そんな中でも、私と蘭子がきちんと返済しようと決めたのは、父が作った借金は母の治療費のためだったと知っているから。

父が亡くなる少し前、私にだけそのことを打ち明けてくれたのだ。

それまではなにも知らず、我が家の家計が苦しいことにも気づかなかった。

裕福ではなかったし、専門学校に進学したときには奨学金を借りたけれど、借金をしているほど貧乏だと感じたことはなかったから。

きっと、私たちに心配をかけまいと、父が必死に隠してくれていたのだろう。

結果、返済のために無理をした父は、帰らぬ人となってしまったのだけれど……。

（いっそのこと、職場に事情を話して副業させてもらう？　でも、今の勤務形態でバイトなんてしたら、体が持たないよね……）

半澤総合病院の正職員は、特別な事情がない限り副業は禁止されている。

蘭子にはこれ以上の苦労をかけたくないけれど、今のままの返済の仕方ではいずれ待ってもらえなくなるだろう。

そう思うのに、解決策は見つからないまま夜が明けていった。


二日間の休みを経て出勤した日。

朝から降り始めた雨は、昼過ぎにはさらに強くなっていた。

「鳳さん、いい加減に言うことを聞いてください。あなたはまだ安静にしなければいけないんです。先生からもそう言われましたよね？」

下膳するために行った一〇〇三号室に、私の呆れ交じりの声が響く。

鳳さんは食事も摂っていないどころか、ノートパソコンに向かっていたのだ。

「俺の体のことは俺が一番よくわかってる。仕事については口出ししないでくれ」

鋭い視線に心の中では怯みながらも、毅然とした態度を崩さないように努める。

「わかってないから、患部が化膿してるんです」

昼前に患部を消毒した際、山川先生は渋い顔をしながら『もう少し安静にしてください』と告げていた。

理由は、昨日抜糸をしたばかりの傷口が軽く化膿していたから。

術後にそうなること自体は稀にあるけれど、抜糸の前には充分に経過観察をしているし、鳳さんの場合は安静にしてくれていないのが一番の原因と言えるだろう。

彼のことを注意深く見ていても、目を盗んで仕事をされてはどうしようもない。

しかも、山川先生も他の看護師たちも陰ではその件で愚痴を吐いているのに、誰もが鳳さん本人にはあまり苦言を呈さないのだ。

みんな一様に、『なにかあったら怖い』と口を揃えるばかり。

確かに、鳳さんも彼のお見舞いに来る人たちも、外見は明らかに普通じゃない。

派手な格好をしていたり、ドクターや看護師に凄んだりと、スタッフたちが関わりたくないのも頷ける。

ただ、私から見れば、中津川と倉田よりもよほどまともに見える。

鳳さんは手を出してくるようなことも、無茶な要求をしてくることもなく、顔に不満は出しても意外と言う通りにしてくれるからだ。

それに、彼に早く治してもらうためには見過ごすわけにはいかない。

「あんたは大袈裟だ。この程度じゃ死なねぇよ」

「大袈裟じゃありません。ＩＣＵを出たときには鳳さんの傷口は綺麗でしたが、今朝は熱もありましたよね？　このままだと入院期間が延びますよ！」

私が一歩も引かずにいると、鳳さんは息を短く吐いてノートパソコンを閉じた。

微かな舌打ちが聞こえてきたことには気づかないふりをし、サイドテーブルに置いてあった昼食とノートパソコンの位置を交換する。

「……いつまでいる気だ？」

剣呑な目つきを寄越されたけれど、一瞬跳ねた肩をごまかすように笑みを返す。

「鳳さんがきちんと食べてくださるまでいさせていただきます」

こうなったら強硬手段だ。

私だって彼だけを担当しているわけじゃないし、毎回こんなことで手を煩わされたくない。

そんな私の気持ちが通じたのか、鳳さんは大人しく昼食を済ませてくれた。

これには肩透かしを食らった気分だけれど、そのあと二回様子を見に行ったときにはベッドで安静にしていて、ようやく理解してくれたのかと安堵した。

ところが、それから約二時間後。

再び一〇〇三号室に行くと、あろうことか鳳さんは楠さんとローテーブルを囲み、なにやら白熱した雰囲気でノートパソコンを覗いていたのだ。

ノックをしても返事がなかったのは、話し合いに夢中だったからに違いない。

「鳳さん！　安静にしてくださいって、お昼に散々言ったばかりでしょう！」

さすがに我慢できなくなって、第一声から大声を上げてしまった。

「おいっ！」

そんな私に、楠さんの怒声が飛んできた。

「こっちは特別室を押さえてるんだぞ！　高い金払ってんだから、文句言う前にさっさと治せや！　社長になにかあったら承知しねぇぞ！」

いきなり凄まれて、体がビクッと強張る。

けれど、ここで引くわけにはいかず、恐怖を抑え込んで彼を真っ直ぐ見た。

「特別室であっても、看護師の対応は大きくは変わりません。私たち看護師の仕事は第一に看護です。患者様の回復のために精一杯務めさせていただきますが、それには患者様ご自身のご理解とご協力が必要です」

「は？」

「あなたたちにとって鳳さんが大切な人なら、仕事なんてさせずに安静にするように言ってください。それが完治への最短の道で、ご本人のためでもあるんです」

「看護師の分際で――」

「おい、やめろ！」

一歩も譲らない私に苛立ちを見せた楠さんを、低い声が遮った。

「で、ですが、若――」

「志熊」

鳳さんが有無を言わせない雰囲気で、楠さんを黙らせてしまう。楠さんは「失礼しました」と頭を下げ、不満を呑み込んだようだった。

「悪かったな」

「え？……い、いえ……」

それが謝罪だと気づくまでに数秒を要してしまった。

ついでにふっと微笑を漏らされて、私は目を大きく見開いた。

初めて見た鳳さんの笑顔は、これまでの彼からは想像できないほど柔らかい。

思わず見惚れてしまいそうになったところで、ハッとして我に返った。

「と、とにかくベッドに戻ってください。もう本当にダメですからね！」

それだけ言うのが精一杯で、鳳さんの顔を直視できないまま部屋を後にする。

私の態度は、まるで逃げるようだったかもしれない。

ナースステーションに戻るさなか、なぜか落ち着かない心臓を隠すように胸元に手を当て、思わず深呼吸を繰り返していた。


振袖を着た新成人たちの姿を横目に、いつもの道を歩く。

職場に着く頃にはすっかり体が冷えていたけれど、カンファレンスを終えると真っ先に一〇〇三号室に足を運んだ。

ノックをしても返事がなく、そっとドアを開けると、鳳さんの姿が見えない。

すぐにシャワールームの方で人の気配がすることに気づいた直後、ドンッとなにかがぶつかるような音のあとでガタガタッと響いた。

「鳳さん!?　いらっしゃいますよね？　失礼します！」

あまりの大きな音に焦った私は、シャワールームのドアをノックするのとほぼ同時に開けてしまった。

その瞬間、壁に体を預けている彼の姿を視界に捉え、慌てて駆け寄った。

「鳳さん！　どうされましたか？　どこか痛みますか？」

「っ……問題ない。少しめまいがしただけだ」

鳳さんの顔色は青く、問題ないようには見えない。

「とにかくベッドへ」

彼は上半身だけ裸で、どうやら下着やズボンは自力で穿いたようだった。

着替えを手伝い、すぐに横になってもらう。

「どうしてご無理なさったんですか？　そもそも、シャワーを浴びるときには看護師にお声をかけてください」

「シャワーくらいひとりで浴びられる」

「できると思っていても、一言お声をかけてください。もし怪我をしたり倒れたりしたらどうするんですか？」

鳳さんの態度は相変わらずで、ため息が漏れそうになる。

入院生活も三週間近くになり、焦りや苛立ちが見えているのは明らかだ。

ここ数日は特に、会社が気になって仕方ないといった様子なのも、お見舞いに来る楠さんや新塚さんとのやり取りを見ているとわかる。

いつもはもっと余裕そうなのに、今日はそれが顕著に表れていた。

「いちいちうるせぇな。なにもかも管理しようとするんじゃねぇよ」

その口調からは怒りこそ感じないけれど、明らかに面倒くさそうな顔をされた。

「そんなこと思ってません。ですが、こうして注意するのも私の仕事なんです」

チッ、と鬱陶しそうな舌打ちが零される。

最初こそ警戒していたものの、彼との言い合いにもいい加減に慣れてきた。

同僚たちはできるだけ関わらないで済むように、腫れ物に触るような対応をしているみたいだけれど……。特別室の患者様だからといっても、私は必要以上に態度や対応を変えるつもりはない。

「せっかく週末には退院できそうなのに、こんな風に無理して容態が悪くなったらどうするんですか？　入院が延びるどころか、最悪の場合は後遺症や――」

苛立ちを隠そうともしない鋭い眼光が私を捉え、つい言葉に詰まったけれど。

「だとしても、これくらいじゃ死なねぇよ」

直後に放たれた言い分に、胸の奥で燻ぶっていた鈍色の感情が弾けた。

「っ……！　いい加減にしてください！　人はあなたが思ってるよりもずっと、簡単に死ぬんです……！」

病弱だった母は、まるでそれが自然とでも言うように静かにこの世を去った。

過労で倒れた父は、病院に運ばれてから一度も目を開けることはなかった。

看護師になってからだって、何人もの患者様の死を目の当たりにした。

人は、思っているよりもずっと簡単に、その生涯を終えることがあるのだ。

ハッと我に返ると、鳳さんが驚いたように私を見ていた。

そこでようやく、感情的に叫んだことを自覚する。

「す、すみませんっ……！」

「……俺のことも背中の刺青も怖がらなかった女は、あんたが初めてだ」

「え……？」

「さっきのはただの八つ当たりだ。悪かった」

「い、いえ……。私の方こそ言いすぎてしまいました……」

素直に謝罪されたことに驚きと戸惑いを抱き、なんだか身の置き場がない。

けれど、彼の声音には確かに温度がこもっていて、不思議とこの場を離れたいとは思わなかった。

## 三　雨音に包まれるふたり

数日後、夜勤の休憩中に蘭子に電話をかけた。

戸締まりのことを注意する私に、蘭子はいつものように呆れながらも返事をする。

「こんばんは～」

心配しつつも通話を終えると、正面で品のない声が響いた。

「っ……！　なんでっ……」

「近くで仕事があってね。そういえば、鈴音ちゃんの職場がこの辺だったなと思ったら、顔が見たくなったんだよ」

夜の闇の中から現れた中津川と倉田が、傍に寄ってくる。

夜勤の時間である職員専用の通用口付近には、人通りがなく私しかいない。

それが幸か不幸か、今はまだわからなかった。

「職場には来ないでください……！」

「相変わらずつれないねぇ。蘭子ちゃんに会いに行く方がよかった？」

笑顔の裏にあるのは、脅迫まがいのもの。

咄嗟に首をブンブンと横に振れば、中津川の顔が楽しげに歪んだ。

「ほらね？　俺って優しいだろ？　ひとりで留守番してる高校生を怖がらせるわけにはいかないから、こうして鈴音ちゃんに会いに来たんだよ」

「……ご用件はなんでしょうか？」

「話が早くて助かるよ。実はさぁ、うちのボスが『月々の返済額がぬるい』って言うわけよ。だから、来月からもっと上乗せしてくれねぇかなーと思って」

「そんな……！　約束が違っ——！」

言い終わる前に、手首を掴まれる。その手を捻られ、痛みで顔が歪んだ。

「あのね、これは相談じゃないわけ。意味、わかるよな？」

いやらしさに満ちた目が、私の体を這う。

「おい」

嫌悪と恐怖に包まれて動けずにいると、中津川の背後から低い声音が飛んできた。

柱の陰から姿を現したのは、鳳さんだった。

「あんたら、患者じゃないよな？　悪いが、俺は彼女に用があるんだ」

彼は、一瞬反応が遅れた中津川の手をごく自然に解くと、そのまま私の手を取って正面玄関の方へと歩き出す。

「ちょっと待て！」

「ああ？」

足を止めて振り返った鳳さんは、中津川たちに鋭い視線を返した。

中津川たちを前にして怯むことなく、殺気めいた雰囲気を纏う目は真冬の空気よりもずっと冷たかった。

見た目も中身もガラが悪い彼らを、鳳さんはただ一瞥をくれただけで見事に黙らせてしまう。

その隙に、私の手を引いたままの鳳さんが再び歩き出した。

正面玄関の並びにある夜間診療用のドアは、手動で開閉する仕組みだ。

彼はそれを開けると私を促し、お互い無言でエレベーターに乗り込んだ。

(どうしよう……。鳳さんに話を聞かれたのかな……)

もし聞かれていたら、私に借金があることくらいはわかるだろう。

患者様にプライベートなこと──それも借金の取り立ての話なんて知られたとなれば、今後の仕事がやりにくくなる。

「余計な世話だったか？」

「い、いえ……助かりました」

自然と口から零れていたのは本音だ。

あのままだとどうなっていたかわからないし、同僚に見られるのも避けたかった。

そういう意味では助けられたことには変わりない。

「そうか。心配するな、他言はしない」

「え？」

「誰にだって知られたくないことくらいはある」

あっさりとそう言われて、拍子抜けした。

決して見下すわけでも同情するわけでもない視線が寄越される。

「だが、関わる相手はもっと選んだ方がいい。ああいうのは面倒だぞ」

「はい……」

それは経験からのアドバイスだったのだろうか。わからないままに十階に着き、エレベーターのドアが開く。

「そういえば、鳳さんはあんなところでなにを？」

「……風に当たってた」

納得しそうになったとき、ふと鼻先に触れた香りに違和感を抱く。

「まさか……タバコ、ですか？」

「栄養剤の代わりだ」

「なに言ってるんですか！　まだ喫煙は許可されてませんよ！」

思わず廊下で声を上げてしまい、ハッとする。

まだ消灯前とはいえ、このフロアはすべて特別室。他のフロアよりもずっと静かな分、声がよく響いた。

「それだけの威勢があれば心配いらねぇな」

ふっと目を細められて、思わず息を呑んでしまった。

向けられた瞳が優しくて、小さな笑みが柔らかくて、たじろいでしまう。

病室のドアを開けた鳳さんを追おうとしたけれど、彼が足を止めて振り向いた。

「……今日が夜勤ってことは、明日の昼にはいないのか」

その質問の意図を理解し、小さく頷く。

「はい。明日鳳さんが退院されるときには、別の看護師が対応に当たります」

鳳さんはようやく退院することが決まり、私が仕事を終えた明日の午後に病院を出る予定になっている。

担当看護師として見送りができないのは残念だけれど、彼の退院は素直に嬉しい。

「そうか。残念だ」

ところが、鳳さんは意味深な言葉を残し、静かにドアを閉めた。

（……今の、どういう意味……？）

疑問符が頭の中で踊り、答えにたどりつけない。

廊下に残された私の脳裏に、彼が見せてくれた柔和な表情が焼きついていた。

＊　＊　＊

一月も慌ただしく過ぎていき、下旬に入っていた。

鳳さんが退院して二週間。

私は十階に行く機会がすっかりなくなっていたけれど、昨日の朝に入院された患者様からの『点滴の針が痛い』というナースコールで、特別室に足を踏み入れた。

奇しくも、その部屋は一〇〇三号室。

なんだか懐かしさすら感じたのは、彼を受け持っていた半月ほどがとても濃い時間だったように思えるからなのかもしれない。

あの翌朝、朝食を運んだ際に『退院おめでとうございます』と声をかけた私に、鳳さんは『世話になったな』と言った。

感謝を述べられるなんて思っていなくて驚いたものの、やっぱり嬉しかった。

『退院してもまだ無茶しないでくださいね』と釘を刺せば、『さあな』と煙に巻くように浮かべられた笑みはどこか露悪的かつ色っぽかった。

『改めて礼がしたい』と連絡先を訊かれたときには『病院の規則でお教えできません』と返したけれど、やっぱり彼のその気持ちには喜びが芽生えた。

最後にかけられた『それならまた会おう』というのはよくわからなかったけれど。

（あ、そっか。『外来に診察に来たときに会おう』ってことだったのかな）

ふと思い至り、納得する。

鳳さんが外来に来た日には、院内で顔の広い三木さんが『今日はあのヤクザが来たらしいわよ』とわざわざ報告してくれたため、彼の様子は私の耳にも入っていた。

（とりあえず順調に回復してるみたいでよかった）

振り返れば怒涛の日々だった気もするけれど、鳳さんは同僚たちが思うほど悪い人じゃなかった。

中津川たちから助けてくれたのに詮索せず、最後には感謝まで伝えてくれた。

鳳さんの担当になった日から考えれば、まるで別人のようだった。

だからなのか、患者様の退院は喜ばしいことなのに……。彼の背中にいた獣をもう見ることはないのだと思うと、寂寥感にも似たものを抱いてしまいそうになるのだ。

（変なの……）

心の中で呟き、患者様の点滴針の位置を調整する。

ついでにカーテンを閉めてほしいと言われ、すぐに対応した。

久しぶりに見た一〇〇三号室からの景色は、あいにくの曇り空だった。


退勤時刻の頃には雨が降っていた。

昨日も雨で、『学校の帰りに傘が壊れた』と言っていた蘭子に自分のものを貸したのに、うっかり折り畳み傘を持ってくるのを忘れてしまったと気づく。

（やっちゃった……。院内のコンビニで傘は買えるけど、痛い出費だなぁ）

五百円程度のビニール傘でも、節約生活中の身には堪える。

けれど、傘を差さずに駅まで走るには、少しばかり雨足が強かった。

ところが、ビニール傘が売り切れており、結局は濡れて帰るしかなくなった。

（不運と思えばいいのか、傘代が浮いたことを喜べばいいのか……）

正面玄関から出ながら、複雑な気持ちで小さなため息を漏らしたとき。

「お疲れ様」

目の前に男性が立ちはだかり、その顔を見て目を丸くした。

「どうして……」

「今日が最後の診察だったんだよ」

鳳さんの言葉に、安堵交じりの笑顔を返す。

「そうですか。おめでとうございます。経過が順調のようでよかったです」

シンプルな病衣とは反した、黒いスリーピーススーツと艶やかな革靴。その姿は、彼の精悍さと色香をいっそう増しているようにも感じられた。

「ああ。だから、あんたを待ってた」

「え？」

「送る。見たところ、傘もないようだしな」

「い、いえ……結構です。電車で帰りますので」

「それなら俺も電車に乗るか」

「はい？」

私が素っ頓狂な声を上げると、傍にいたらしい楠さんが口を挟んできた。

「わ――社長、いけません。病み上がりなんですから体に障ります」

「今日で診察は終わったんだからもう治ってる。俺は彼女に用があるんだよ。車で送らせてもらえないなら、俺が電車に乗るしかないだろ」

どういう理屈かわからない。

そう思う私を、楠さんが睨んできた。

うっ、と漏れそうになった声は呑み込んだものの、ふたりの視線が私に注がれる。

拒否権がないことは明らかだった。

「腹は減ってないか？」

車に乗って一分。そう訊かれて「大丈夫です」と答えた。

鳳さんから別で帰るように言い渡された楠さんを病院の前に置き去りにし、なぜか私が助手席に乗っている。

流線的なデザインが美しい、光沢感のある漆黒のスポーツカータイプ。

生まれて初めて乗った高級車のシートは心地が悪く、体に馴染みそうにない。

けれど、鳳さんにはよく似合っていた。

心の片隅では彼に対する警戒心がある。

それなのに、本気で不安を感じているわけではなく、そんな危機感のない自分自身を不思議に思った。

「入院中の礼をさせてくれ。なんでも好きなものをご馳走する」

「いえ……。私はただ仕事をしただけですし、お礼なら退院のときに言っていただきました。それに、妹が家で待ってるので」

「妹は高校生だと言ってただろ？　ひとりで留守番くらいできるはずだ。そもそも親は？　仕事で遅いのか？」

そういえば、鳳さんが退院する数日前に『兄弟はいるのか』と尋ねられた。

なぜそんなことを訊くのかと思いつつ、よくある雑談のひとつとして他の患者様に答えるのと同じように『妹がいます』と返した。

「両親は亡くなってます。今は妹と二人暮らしです」

けれど、両親のことまで話したのは初めてだった。

仕事中はあまり世間話をする余裕はないし、家族のことを訊かれても『事情があって妹とふたりで暮らしてます』と言えば、たいていの人は詮索してこなくなる。

普段通りそう言えばよかったのに、なぜか素直に打ち明けてしまった。

「そうか」

彼は助けてくれたときと同じように、それ以上は尋ねてこなかった。

わずかにあった警戒心が解かれていく。

「それなら今日は送ろう。家の前でもいいし、最寄り駅や近所でもいい。好きな場所を言ってくれ」

そのせいか、あまり悩むことなく口を開き、自宅から程近いコンビニで降ろしてくださいとお願いした。

大通りから路地に入った車が橋を渡る。この川を越えると東京都だ。

「あの……さっきの話ですけど」

少しの沈黙のあとで意を決して切り出せば、鳳さんが私を一瞥した。

「そういうことですから、お金ならありません」

「ん？」

「ご存知の通り、私には多額の借金があります。妹との生活も節約してなんとかやっていけてる状態ですので、自分たちが生きていくだけで精一杯ですから」

鳳さんの目的はわからないけれど、私相手に金銭を目当てにしているのならそれは意味のないことだと言っておきたかった。

車内が静まり返る。

数秒して、彼が豪快に噴き出した。

ハハッと肩を震わせて笑う横顔は、今まで見た鳳さんのどんな表情よりも自然で、どこか少年っぽさすら感じる。

きょとんとする私を余所に、彼はおかしそうにしながらも視線を軽く寄越した。

「なるほどな。まあ、俺の背中を見たんだから警戒するのは真っ当な判断だ」

てっきり気を悪くさせるかと思ったのに、そうじゃなかったらしい。

むしろ、鳳さんは満足そうに見えた。

「俺がこんなことをする理由がわからないのが不安か？」

「はい……」

図星を突かれ、正直に小さく頷く。

すると、彼がハンドルを左側に切り、車を路肩に寄せた。

「簡単なことだ」

真っ直ぐに目が合い、その瞳から視線が離せなくなる。

強さと美しさ。両方を兼ね備えた双眸に捕らわれ、つい息を呑んでしまっていた。

「あんた……いや、桜田さんに惹かれてる」

は？　と零したつもりだった声は、きっと外には出なかった。

予想の斜め上、それよりもずっとずっと向こう。

それくらい想像していたものから遥かに遠い答えは、私をひどく困惑させた。

「いつ死んだところで後悔はないと思ってた。一応は会社を背負う身だが、俺はそういう生き方をしてきたからな」

反して、鳳さんはまるで物語を読み聞かせるように、静かに語っている。

「だが、桜田さんに出会ったことで、今死んだら後悔すると思わされた。だから、責任を取ってくれ」

唖然とするしかない。

いったいどういう意味なのか。どう責任を取ればいいのか。

なにもかもがわからなくて、ポカンとしたまま瞬きを繰り返してしまう。

そんな私を見ている彼が、ふっと苦笑を零す。真剣だった顔に柔らかさが混じり、どことなく車内の空気が緩んだ。

「……で？　信じてくれるか？」

鳳さんの言葉をどう受け取ればいいのかわからないせいで、言葉が出てこない。

「信じられないなら、君のどこが気に入ってるのか教えようか」

ふっと楽しげに瞳を緩める様は、ひどく色っぽい。

彼自身もそれを自覚しているように、私から一瞬たりとも目を離さなかった。

「まず、仕事をきっちりするところがいい。俺みたいな奴にも真摯に向き合ってくれた。あんなに叱られたのはガキの頃以来だったよ」

ククッと笑う口元が、ゆるりと穏やかな弧を描く。

「大人しそうに見えて、芯があるのも気に入った。それに、言ってることに筋が通ってる。そういう女は口うるさいばかりだと思ってたが、桜田さんは違う。なにより、俺や志熊相手でも怯まなかった。あと――」

鳳さんがあまりにも滔々と話すから、私は圧倒されたように聞いていたけれど。

「俺の背中を『綺麗』だと言ってくれたな。あれは本当に嬉しかった」

再び真剣な眼差しを向けられて、鼓動が大きく高鳴った。

これまでは、ただ彼の話を聞くだけで精一杯だった。

ところが、一度大きく跳ねた心臓が思いのほか騒ぎ出して……。

「もっと言うなら顔も好みだ」

ようやく、告白されているのだ……と理解する。

「大人しそうな美人系だが、表情がコロコロ変わるところは可愛い。怒ってるときも悪くなかったが、特に笑顔が気に入ってる。それから――」

「ちょっ……ちょっと待ってください……！」

「どうした？」

鳳さんは不思議そうに首を軽く傾け、私を見つめてくる。

拍動はどんどん激しくなって、今にも飛び出しそうなほどドキドキと脈打つ。

いつの間にか耳まで熱かった。

雨粒が窓を叩く音が、やけに鼓膜に響く。

ふたりきりの車内は静かだからこそ、私たちだけが雨音に包まれて世界から切り離されていく気がした。

「いきなり……そんな……ッ！　私は……」

なにを言いたいのか、なにを言えばいいのか。

思考はちっとも働かず、状況に対して理解が追いつかない。

そんな私に向けられる彼の瞳は柔和な弧を描いていて、これは演技かもしれないと思う反面、どうしてもからかわれているとは思えなかった。

「心配するな」

戸惑いと困惑と羞恥でグチャグチャになっていると、クスッと笑われてしまった。

「別に、今すぐどうこうしようなんて思ってねぇよ」

「え……？」

「俺は欲しいものは必ず手に入れる主義だが、あんたとはじっくり向き合っていくつもりでいる。だから、ひとまず今夜は返事はいらない」

「あんた、男慣れしてなさそうだしな」と付け足されて、さらに頬が熱くなった。

図星だから返す言葉なんてない。

「そういうわけだ。今日は俺の好意だけ覚えておいてくれ」

「そう言われても……」

「それとも、強引にキスのひとつでもする方がわかるか？」

「キッ……!?」

慌てて首をブンブンと横に振る。

それはもう、頭が飛んでいくんじゃないかと思うほど全力で。

これ以上ないほどに力いっぱい振って、必死に拒絶を表してみせる。

「……こんな風に拒まれたのは生まれて初めてだ」

不本意そうな声音とは裏腹に、その面持ちは愉快そうに見える。

気を悪くした風でも苛立った風でもなく、本当に穏やかな表情だった。

鳳さんの笑顔はまだ数えるほどしか見たことがないけれど、今日の彼は今までと別人かと思うくらいよく笑っていた。

「ああ、そうだ。じっくり向き合っていくつもりとは言ったが、俺は見かけ通りあまり気が長い方じゃないから、それも覚えておいてくれ」

つまり、鳳さんは私のことが好きで、私と付き合いたい。

(そういうこと……？　え？　なんで……？)

理由なら聞いた。

恥ずかしくてドキドキして、身の置き場がないほど落ち着かない。

それなのに、私は未だに彼の言葉を噛み砕けていなかった。

鳳さんはクスッと笑うと、再び車を走らせた。

日が沈んだ住宅街を抜け、もうすぐコンビニに着く。

「で、さっき言ってたコンビニから家までは近いのか？」

「あ、はい……！　えっと、徒歩五分くらいで……」

「方向は？」

自然な流れで尋ねられて、うっかり詳しく答えてしまっていた。

けれど、そのことに気づいたのはアパートの前に着いたあとのこと。

「それじゃあ、また」

鳳さんは屋根があるところまで私を傘に入れてくれると、不敵な笑みを残して車に乗り込み、そのまま帰っていった。

# 四　心惹かれる瞳　Side Chihaya

雨の中、都内の大通りを車で走り抜けていく。

運よく渋滞を避けられ、予定よりも少し早く会社に戻れそうだ。

(これでようやく一歩くらいは近づけたか)

少し前のやり取りを反芻すれば、おのずと喜びが芽生える。

(それにしても、まったく予想外って顔をされたな)

記憶に焼きついたばかりの表情に、口元が緩みそうになる。

まさに、鳩が豆鉄砲を食らったような顔をしていた。

(ああいう顔も悪くなかった。入院中は怒らせてばかりだったしな)

あの女——桜田鈴音と出会ったのは、神奈川県にある半澤総合病院だ。

昨年のクリスマスイヴ、部下の要太とふたりでいたところにナイフで刺され、搬送された先で外科の看護師として現れた彼女が俺の担当になった。

最初は大人しそうな女だと思った。

ところが、俺の予想に反し、芯があり気の強いところがある人間だった。

桜田さんは、初対面のときには一瞬だけ怯むような顔を見せたものの、それ以降は淡々と説明や注意事項を述べ、大人しくしない俺を何度も叱りつけてきた。

一週間ほど過ごしたICUから外科に転科したばかりの頃は、彼女のことも他の看護師と同じように冷たくあしらっていた。

にもかかわらず、めげずに俺の看護を全うし、物怖じせずに叱責する桜田さんに対して次第に興味が湧くようになったのだ。

これまで、俺と真っ向から対峙する女なんてそうそういなかった。

ましてや、彼女は一般人。

しかも、俺の背中にある刺青の存在も知っている。

それなのに、主治医ですら避けたがる俺に対して一生懸命に向き合う姿を見ているうちに、それを存外悪くないと思い始めた自分がいることに気づいたのだ。

心が大きく動いたのは、桜田さんに一喝されたときだ。

『人はあなたが思ってるよりもずっと、簡単に死ぬんです……！』

そう声を荒らげた彼女は、今にも泣きそうだった。

苦しげに顔を歪め、唇を結ぶ表情はまるで幼い子どものようで、それまでの気の強さや威勢のよさとは相反していた。

ただの興味本位だった自分の中の感情が、急激に色を変えていくのがわかった。

真面目で仕事熱心で、融通が利かなさそうな性格は不器用そうでもあり、真っ直ぐに生きてきた雰囲気を纏っている。

大人しそうな顔に反し、二重瞼の瞳は意志が強そうで、外見がおっかない志熊にもはっきりと意見していた。

それでいて思いやりや気遣いが行き届き、不躾なところはない。

他人とは壁を作って必要以上に接しないはずの俺が、次第に桜田さんに対して居心地の好さを感じるようになった。

なによりも、真っ直ぐに見てくる瞳がたまらなかった。

平気そうにしながらもわずかな恐怖心を覗かせ、けれど決して悟られまいとするような双眸をぶつけられると、目が離せなくなりそうだった。

こんな風に思うことに驚きはしたものの、気づいたときには彼女に惹かれていた。

誰かと深く関わるつもりなんてなかった。

なぜなら、今の俺にはやり遂げなくてはいけないことが山ほどあり、そこに桜田さんを巻き込むのは避けたいからだ。

そう思うのに、どうしても彼女が欲しくてたまらなくなった。

多くの社員を抱える社長として、一刻も早く退院して仕事に戻りたい。病院で目が覚めた直後にはそんなことばかり考えていたのに、いざ退院日が決まったときには桜田さんとの接点がなくなることに寂しさを抱いた。

しばらくは通院が必要だったし、また会う機会はあるだろう。

そもそも、昔のツテを使えば彼女のことを調べるくらいは容易い。

たとえ、桜田さんが今の職場を辞めたとしても、俺が今知っている少ない情報だけでもどうにか探し出せるだろう。

それらをわかっていても待てなかった。

(俺らしくないな)

冷静なつもりなのに、そうではないのかもしれない。

彼女を待ち伏せして家まで送る口実を作り、挙句に告白までするなんて……。自分でも自分自身の言動に驚いているくらいだ。

(いずれにせよ、思ってた以上にガードが堅そうだな。だが、そういうところにもそそられる)

緩みそうになる表情を引き締め、東京都内にある八階建ての自社ビル『鳳《おおとり》不動産《ふどうさん》株式会社《かぶしきがいしゃ》』の地下駐車場に車を停めた。

「おかえりなさい、千隼さん！」

「声がでかい。もうちょっと静かに話せねぇのか」

俺を出迎えた要太が、犬なら尻尾をブンブンと振っていそうな満面の笑顔で後をついてくる。

「志熊は？」

「秘書室で電話対応中です。他の奴らはもう帰りました」

「お前も帰っていいぞ」

「いえ！　俺は千隼さんより先に帰りたくないです！」

「残ればいいってもんじゃねぇんだよ」

「わかってます！　志熊さんが新しい仕事を教えてくれるって言うんで！」

「なら好きにしろ」

「ありがとうございます！」

俺の言葉を理解していないのか、要太の声は必要以上に大きい。ギロッと睨めば、要太が直立不動で「すみません！」と声を上げた。

ため息をつき、社長室に戻ってパソコンを立ち上げる。

程なくしてドアがノックされ、志熊が姿を現した。

「おかえりなさいませ、社長」

「先に帰らせて悪かったな」

「いえ、それは……」

言葉を濁したような志態に、ふっと微笑を零す。

「言いたいことがあるなら聞く」

「いえ」

「構わねぇよ。雨の中、面倒なことさせたからな」

志態はためらっているようだが、言いたいことなら見当がついている。

「では、僭越ながらひとつだけ」

「ああ」

「堅気の女に入れ込むのは賛成できません」

言いにくそうにしながらも、その口調はしっかりとしていた。

「社長を刺した奴と〝あの男〟が無関係だとは思えませんし、せめて色々とはっきりするまではお控えになった方が……」

「気が合うな。俺もそう思う」

「でしたら、もう少し――」

「だが、待ちたくないんだ」

ぴしゃりと言い切れば、志熊が眉を寄せたまま息を吐いた。

「自分の仕事は秘書である前に、若の身を守ることです」

「もう若じゃねぇよ。それに、お前の仕事は秘書だろ。俺の怪我だって、お前が責任を感じる必要はない。要太もな」

罪悪感を見せる志熊は、俺の脇腹にできた傷は自分のせいだと思っている。

あの夜、俺は志熊を会社に残し、要太を伴って都内にある取引先へと向かった。

その帰り道で刺されたのだ。

当初、背後から殴られながらも俺を守ろうとした要太にナイフが向けられていたが、俺がそれをいなして男を拘束した。

見かけは二十代前半。無防備に突っ込んできたところも動きも、素人くさかった。

外見から判断した年齢的にも、恐らく三流のチンピラか組に入ったばかり人間で、鉄砲玉にもならないような捨て駒だったのだろう。

しかし、反対側からやってきたもうひとりに気を取られた隙に、俺の下で拘束していた男が暴れ、ナイフが脇腹に突き立てられた。

手のひらに伝わるぬるりとした感触に、鉄のような匂い。

この程度の怪我は初めてではなかったが、刺された場所が悪く出血量が多かった。

通行人の叫び声でふたりが逃走すると、気が動転した要太は救急車を呼んだ。

救急車に乗せられたことも、病院に着いたことも、なんとなく覚えている。

こういう場合、『まずは昔馴染みの医者に診せろ』と教えていたが、志態と違って極道の世界にいた期間が短い要太の記憶には残っていなかったのだろう。

痛みが曖昧になるほどのぼんやりとした意識の中、救急車を呼んだことをあとで説教してやろうと考えていた。

しかし、病院に着いた直後に意識を失い、目が覚めたのは二日後。

頭が朦朧とする中で見た白い天井が時間をかけてはっきりとしたとき、生きていたのか……と思った。

「俺は若のためなら鉾にでも盾にでも――」

「志態」

静かな声を向ければ、志態が口を噤んだ。

俺が次に話すことをわかっているように、やり切れなさを浮かべている。

「気持ちはありがたいが、俺たちはもうヤクザじゃない。今さら『そういう考えは捨てろ』というのは酷だろうが、お前はもう若頭補佐じゃねぇんだ」

気持ちがわかるからこそ、こういう言い方はしたくない。

けれど、俺も志熊も〝あの日〟に変わると決めたのだ――。


俺たちは、十年ほど前まで極道の世界にいた。

家族に恵まれずネグレクトの末に親から捨てられた俺の生きる道は、気づけば日の当たる場所にはなくなっており、十代半ばにして夜の街で生きていくしかなかった。

喧嘩や暴力が当たり前の生活は、たいした時間もかけずに俺を荒ませていった。

そんなある日、当時の鳳組の五代目組長で、のちに俺の〝オヤジ〟となる鳳巌《いわお》という男と出会ったのだ。

上質な着物を纏った鍛え上げられた肉体と、後ろに撫でつけた白髪交じりの髪。

五十代にしてひとつの組を纏めるオヤジは、組長にしては若かった。

けれど、その生き方だからこそ、そこらにいる同年代の男では到底出せないような貫禄があり、静かに座っているだけで周囲に畏怖の念を抱かせた。

『死んだみてぇな顔してるのに、目は死んでねぇな。まるで飢えてる獣だ』

それが、オヤジにかけられた最初の言葉だった。

俺を見たオヤジは笑みを浮かべると、『俺のところに来い』と告げた。

俺が住んでいた街で夜の世界に生きていれば、鳳組と聞けば何者かはわかる。

ヤクザにも極道の世界にもまったく興味はなかったが、いつかは行きつく場所だとぼんやりと思っていたこともあった。

ついていきたいと思ったわけではない。

見ず知らずの男にそんな風に言われても、心はなにも感じなかった。

しいて言うのなら、金も生きる術もなかった俺は、『うまいもん食わしてやる』という一言につられたのかもしれない。

しかし、なんの縁か、そのままオヤジのもとで住むことになったのだ。

オヤジが取り仕切る大きな日本家屋には、総勢三十名ほどの男が住んでいた。

年齢も生い立ちも、そしてヤクザになった経緯も様々。

俺のように家族に捨てられた者や、児童養護施設出身の者も多くいた。

鳳組に限らず、ヤクザの若衆——いわゆる若い下っ端は小間使いだ。

掃除に洗濯、料理に買い出し。家事から雑用までなんでもやらされた。

俺を捨てる前から家に寄りつかなかった母親のおかげで、料理以外はそれなりにこなせたが、包丁を持つと使い物にならなかった。

『ナイフや刀の前に、包丁の使い方を覚えるんだな』

俺が切った野菜を見て笑うオヤジと同じように、若衆たちも楽しそうにしていた。

ヤクザというのは、ひとつの組が家族のようなものだ。

中にはひどい組もあるが、鳳組は家の中では温かい家庭のような雰囲気に包まれていて、家族の温もりを知らない俺には居心地が悪かった。

けれど、次第に馴染んでいくようになった。

それは、オヤジの人柄か懐の深さか。組員たちに慕われているオヤジは、荒んでいた俺が毒づこうが殴りかかろうが赤子の手を捻るようにかわし、豪快に笑っていた。

あの頃、俺のこぶしがオヤジに届いたことは一度もない。

稽古と称して木刀で殴られ、素手でコテンパンにされ、まさに歯が立たなかった。

そんな怖いもの知らずの俺に対し、若頭や他の組員たちがたしなめなかったのは、オヤジの意向だったらしい。

しばらく経ってから、兄貴分に『あれがオヤジのやり方なんだ』と教えられた。

当時はヤクザのルールなんて知らなかったが、今思えば無鉄砲にも程がある。

入る組が違えば、指の一本や二本なくなっていてもおかしくはなかったのだから。

俺が組に馴染み始めると、オヤジから学校に通うように言い渡された。

『学なんかいりません』と投げやりに言う俺に、『いずれ必要なときが来る』と返したオヤジは、俺を捨てた親なんかよりもずっと親らしかった。

同時期に、『俺の養子にならねぇか』と持ちかけられ、自分の戸籍に興味がなかった俺は頷いた。

ただし、『このことは誰にも言うな』と釘を刺され、それがどういう意味かはまだ極道の世界に足を踏み入れて日が浅い俺にもなんとなくわかった。

オヤジは俺の母親を探し出していたようで、母親はこの件にあっさり快諾した。

向こうにしてみれば、厄介払いができた……というところだったのだろう。

数年ぶりに会った母親の姿を見たのは、このときが最後だった。


オヤジがなぜ俺を養子にしたのかはわからなかった。

オヤジはヤクザにしては近代的な考え方の持ち主で、従来のシノギだけではいずれ組は持たないと見越し、組員たちの中で見込みのある者には学をつけさせていた。

そのため、そういう奴らを養子にしているのかと思ったが、そうではなかった。

どちらにしても、大半の奴は勉強についていけずに学校を辞めてしまうのだが、俺を含めて数人は大学まで出してもらった。

この頃、すでに組の仕事も担っており、喧嘩やカチコミとなれば先陣を切った。

もともと喧嘩は得意な方だったが、組に入ってオヤジや組員たちに鍛えられて強くなったことにより、いっそう身についたのだ。

いつしか、オヤジのためなら命を懸けるのが当たり前になっていた。

その決意を表すために、大学を卒業する頃に完成するように体に和彫りを入れた。

背中一面に刻んだのは、北欧神話で冥界の番犬とされている『ガルム』だ。

ガルムの背後には満月。背中から腕にかけて広がる叢雲。そして、血のような色を纏った赤い花。

皮膚に刻んだのはただの刺青ではなく、オヤジへの忠誠心と忠義心、なによりもオヤジの盾になるという確固たる意志だった。

冥界の番犬を選んだのは、生涯、日の当たらない道で生き抜く覚悟でもあった。

異様な殺気を纏う狼のような獣が自分と重なったのか、龍やトラ、観音といったヤクザが好んで彫るものには惹かれなかったというのもある。

刺青にちなんだ通り名は、誰が言い出したのか『冥界の聖獣』。

それを知ったオヤジは、いつものように豪快に笑っていた。

この四年後、俺は突如、若頭に任命された。

当時の若頭が交通事故で亡くなったことにより、その席が空いたのだ。

何人もの愛人がいたオヤジだが、子どもはいなかった。

けれど、俺よりずっと早くに組にいた志態でも、舎弟頭だった男でもなく、オヤジは俺を指名したのだ。ありえないことだというのは、誰の目にも明らかだった。

鳳組は、大きな組ではない。

初代から三代目までは関東一帯に名を轟かせていたらしいが、時代とともに極道者が淘汰されていくのは鳳組も例外ではなかったのだとか。

俺が組に入ったときには、会長や若頭、総本部長と呼ばれる者たちが纏める執行部のようなものはなく、『鳳組』はあの家に住む者たちだけが名乗っていた。

その小さな一家の中で、なんの縁もゆかりもなかった俺が組の重要な立場に拝命されるというのは、それこそ上にいる人間たちが納得するはずもない。

しかし、極道一家にとって、〝オヤジの言葉は絶対〟だ。

俺より先に組にいた者たちの妬み嫉み、そして一部の者からの羨望の眼差しを一様に浴びながら、俺はオヤジの盃を受けて鳳組の若頭を襲名した。

『いずれはお前にすべてを任せたい』

その夜、ふたりきりのときにオヤジからかけられた言葉は、今でも頭と心に鮮明に残っている。

若頭になった俺は、それまで以上にオヤジと鳳組を守ることに尽力した。

自分の命を賭してでも、俺を拾ってくれたオヤジだけは守りたかった。

ところが、若頭拝命から一年半が経った頃、オヤジが倒れた。

病名はすい臓がん。そのときにはもう他の臓器にも転移があり、病床に伏してから亡くなるまではあっという間だった。

オヤジは最期まで一度も弱音を吐かなかったが、ただひとつの後悔を述べた。

『お前をこの世界に引きずり込んだのは失敗だったなぁ……』

まるで、ギラギラと光る刀で心臓を深くまで一突きされた気分だった。

俺のすべてだった人に、俺自身が後悔を与えていたのか……と。

けれど、オヤジは笑っていた。豪快ではなかったが、優しく穏やかに。

『俺は、お前に初めて会ったときからお前が気に入って仕方なかったんだ。だから、あの女からお前を奪ってやろうと思った。子どもは作らねぇって決めてたんだがな』

『オヤジには感謝してます。破滅まっしぐらだった俺を救ってくれました』

『バカ言え。極道の世界に引きずり込んでおいて、救ったなんてことがあるか』

青白い顔で苦笑する姿は、やっぱり俺の母親だった女よりもずっと親らしかった。

『お前は学がある。うちに置くと決めたときから見込みのある奴だと思ってたが、俺の想像以上だった。ヤクザもんにしとくにはもったいねぇよ』

『背中にこいつを彫ったとき、俺の命も人生もオヤジに預けると決めてます』

『極道なんざ、今に消えていく。こんな時代にはそぐわねぇもんだ』

『鳳組は俺が守ります』

『それは心強いな。でも、もう組は守らなくていい。ただ、あいつらは守ってやってくれ。あいつらのほとんどは、学もなければまともな生き方も知らねぇ。そんなどうしようもねぇ奴らばかりだが、お前も含めて俺の大事な家族なんだ』

『オヤジ……！』

『お前にはこの世界は似合わねぇ。お前はお天道様の下で真っ当に生きろ。きっと、お前ならやり直せる。なんて言ったって、俺の息子なんだからな』

俺はもう、なにも言えなかった。

オヤジが心から望んでいることなのだ……と痛感したからだ。

そして、これがオヤジと交わした最後の会話だった。

そのまま眠ったオヤジは、目を覚ますことなくあえなく逝ってしまった。

花冷えする、深い静寂に包まれた夜のこと。

オヤジは、六十八年の生涯に幕を下ろした。

二日後の葬儀の日は、快晴の空の下で散っていく桜がやけに目に焼きついていた。

悲しみに暮れる間もなくやってきた弁護士から手渡されたのは、遺言状。

そこには、俺に語ったような言葉はなにひとつなかったが、『鳳組は五代目組長・鳳巌の逝去と同時に解散する』と記されていた。

組員たちには衝撃が走り、不安と落胆、そして反対の声が上がった。

しかし、志態だけは静かに俺を見ていた。

あとで聞いたことだが、病床に伏す前のオヤジから『これからなにがあっても千隼を支えてやってくれ』と頼まれていたのだとか。

ずっと先を見据えたようなその言葉も、オヤジの遺産が俺ひとりに相続されたことも、すべてがオヤジの思惑通りだったのかもしれない。

オヤジは自分の亡きあとの組や組員たちの将来を危惧し、自身の大切だったものを守らせるために長い時間をかけて俺という人間を育ててくれたのだ。

俺自身はもちろん、鳳組の若頭としても鳳組を存続させたかったが、オヤジの願いを叶える覚悟を決めた。

それが俺を養子にまでしてくれたオヤジへの、最後の仁義だと思ったからだ。

期を待たずして、俺はオヤジの遺産を元手に小さな会社を興した。

『お前は大学で経営を学んでこい』

進学を望んでいなかった俺にかけられたオヤジの言葉がこの日に繋がっていたのだと、そう感じた。

そして、ヤクザだった頃のツテを最大限利用できるように不動産業を選んだ。

オヤジが亡くなった頃から数年は対抗組織からスカウトをされることもあったが、俺の意志が揺れることはなかった。

以来、十年以上をかけて成長させた鳳不動産株式会社は、今では当時の組員以外の者も含め、従業員百名ほどの会社になっている――。

いつの間にか、雨足が強くなっていた。

こんな雨の日には、オヤジに挑んでは返り討ちにされたことをよく思い出す。

「そんなにあの女がいいんですか」

まだ不満げな志態に微笑を返せば、志態が目を小さく見開いたあとで黙った。

昔から優秀で弁が立つ志態は、俺が若頭だった頃から俺をよく支えてくれているため、その気持ちを汲み取りたいとも思う。

刀傷沙汰の件でも、救急車を呼んだ要太の尻拭いを請け負って上手く処理し、俺に恨みのあるヤクザの差し金だったというところまで突き止めたのは志熊だ。

今回のことはもちろん、会社をここまで大きくできたのも志熊の働きが大きい。

仮にも大ごとになれば、これまでの苦労が水の泡になっていたかもしれない。

そのときには、寝る間も惜しんで必死に築き上げてきた今の地位や会社がなくなるのはおろか、部下たちが路頭に迷ってしまう。

それだけはなにがあっても避けたかった。

けれど、ここまで俺に尽くしてくれる志熊の忠告も聞き入れたくないほど、俺は桜田鈴音という女が欲しくてたまらないのだ。

家族のように大事な者たちのことを思えば、迷いがなかったわけではない。

それでも、俺の心はもう決まっている。

「で、調べはついたのか？」

諦めたように「はい」と頷いた志熊が、Ａ４サイズの封筒から数枚の紙を出す。

「桜田鈴音は両親が亡くなっており、現在は高校生の妹と二人暮らしです。父親が遺した借金があり、返済に苦労しているようですね」

「金を貸した奴らの素性は？」

「ハピネスローンです」

「あそこか」

チッ、と舌打ちが出る。

ハピネスローンと言えば、不当な利子をつけることで有名な悪徳消費者金融だ。

若頭になる前、オヤジの指示で何度か絞めたことがある。

表向きは良心的なローンが組めると謳っているが、その実、やり方は非道だ。

三流のチンピラの集まりのような社員たちは、あえて良心的に見えるようにローンを組ませ、次第に利子を吊り上げて退路を断つ。

借金が返せないのが女であれば、性を売りにした違法な店でボロボロになるまで働かせる——という魂胆だ。

「早いとこ、手を打った方がよさそうだな」

桜田さん自身はもちろん、姉妹ふたりという家族構成が気になった。

父親が借金をした時点で、あの会社がそれを見逃していたとは到底思えない。

(思ったより、悠長にしてる暇はなさそうだ)

本音を言えば、自分を恨んでいるヤクザとの問題が片付くまでは、距離を詰めつつも深い関係になる気はなかった。

しかし、状況は予想よりも深刻だと気づき、居ても立ってもいられなくなった。

# 二章　身勝手な恋情

## 一　戸惑う心と浮かれた気持ち

怒涛の日々だった一月も終わり、数日前から二月に入った。

仕事を終えた私は、従業員用の通用口ではなく病院の正面玄関に向かった。

半澤総合病院では、特にどちらを使わなければいけないという決まりはない。

最近はちょっとした事情から、日勤のときには今までと違って正面玄関から出入りするようになっていた。

ロビーは外来の患者様や付き添いの人たちでいっぱいだ。

その中にいた家族の姿に、目を引かれた。

「泣かずに頑張って偉かったな」

「帰りにアイス買おうね」

腕を押さえている小さな男の子は、注射でもしたのかもしれない。

涙を堪えているのか唇を結んでいたけれど、パパとママの言葉に笑顔を見せた。

「ほんと？　チョコのやつでもいい？」

「いいぞ！　お菓子も買って帰ろう」

「やったー！」

「ちょっと、パパ。そんなに甘やかさないで」

「今日はいいだろ」

苦言を呈すママは、苦笑しながらも幸せそうにしている。男の子とパパも、明るい笑顔だった。

ああいう普通の家庭に憧れていた。

両親がいて、母は普通に元気で。幼稚園や学校から帰ってくると毎日笑顔で迎えてくれて、その日あったことを楽しそうに聞いてくれる。

夜には家族四人で食卓を囲み、おしゃべりをしながら夕食を食べる。

普段は公園で遊んで、たまには水族館や遊園地。家族それぞれの誕生日やクリスマスにはみんなでケーキを囲んで、ワクワクしながらプレゼントを開封する。

ときには叱られて、『ごめんなさい』と謝ったら抱きしめてもらえて。テストの点数がよかったり、部活で成果を出したりしたら、少しだけ大袈裟に褒めてくれる。

バカげた理想かもしれなくても、絵に描いたようなそんな家庭が憧れだった。

（授業参観のときは、お母さんが来てくれる子が羨ましかったな）

我が家の場合、参観や懇談で学校に来るのは、だいたいが父。父が仕事を抜けられないときは、母方の祖父母。

授業参観の日に、母親と笑顔でアイコンタクトを取ったり手を振ったりするクラスメイトたちが嬉しそうに見えて仕方がなかった。

心臓が弱かった母は、入学式や卒業式にはどうにか来てくれたけれど、他の行事にはあまり姿を見せなかった。

仕方がないとわかっていても、父や祖父母のことがどれだけ好きでも、やっぱり母が見に来てくれないのは悲しかった。

だから、いつか家庭を持つことがあれば、どんなに忙しくても子どもの行事にはすべて参加すると決めている。

特別に裕福じゃなくていい。

大きな家じゃなくていい。

生活に困らない程度に夫婦できちんと働いて、家族みんなが元気に仲良く笑顔で、ただ穏やかに平凡に生きていける。

そういう家庭が欲しい。

つまり、背中一面に刺青があるような男性とは、間違ってもお近づきにならなくていいのだ。

「お疲れ様」

自分に言い聞かせるように心の中で呟きながら外に出ると、正面玄関のすぐ傍にある柱のところに鳳さんが立っていた。

「……どうしてここにいらっしゃるんですか」

「この間は逃げられたみたいだったからな。こっちで待ってみた」

私の困惑を余所に、彼は意味深な笑みを浮かべる。

どうやら、私の行動は読まれていたようだ。

二週間前に告白されたときから、鳳さんは私の日勤のシフトに合わせて従業員用の通用口で待ち伏せするようになった。

もっとも、私は自分のシフトを教えていない。

けれど、彼のように三週間ほど入院していた患者様なら、スタッフの出勤日や様子を見ていればなんとなくはわかるだろう。

長期入院している患者様の中には、そういう情報に詳しくなる人もいる。

鳳さんもそうなのか、彼は私のシフトをある程度知っているようだった。

「あの……先日も申し上げましたが、困ります……」

「でも、俺は桜田さんに会いたい」

「そう言われても……」

「俺の行動が迷惑？　それとも、俺の気持ちが迷惑か？」

鳳さんから告白された日には驚きのあまりなにも言えなかったけれど、次に待ち伏せされていたときに丁重にお断りしたはず。

ところが、彼は『じっくり向き合っていくって言っただろ』と言い、煙に巻くように笑った。

その上、私を半ば強引に車に乗せ、家まで送ってくれたのだ。

車内では世間話を中心に話題を振られ、ときおり私のことを訊かれる。

ただ、その内容は私が答えにくいようなことじゃなく、趣味や好きな食べ物といった他愛のないことばかりだった。

そういうことが三回ほど続き、私は数日前から正面玄関を使うようになった。

「迷惑っていうか……」

控えめに言いつつも、本気で拒絶できないのはどうしてだろう。

鳳さんのことはもう怖いとは思わないし、はっきり言おうと考えたこともある。

「俺は桜田さんの話が聞きたい。どんな些細なことでも君のことが知りたいんだ」

それなのに、いつも気がつけば彼のペースに巻き込まれてしまっているのは、こんな風に真っ直ぐな言葉を紡いでくれるからかもしれない。

患者様の中には、看護を好意と勘違いしてしまう人も稀にいる。ときには、しつこく連絡先を訊かれたり、プライベートを探られたりすることもある。

そういうときには上司に報告して院内で対策を立て、場合によっては弁護士を間に入れるようなことがあるのも知っている。

鳳さんはもう退院しているとはいえ、私が行動に移せば助けてもらえるだろう。半澤総合病院はスタッフに親身で、そういう意味でも安心して働ける職場だ。

にもかかわらず、私は上司に報告をせず、全力で拒否するわけでもなく、ましてや逃げようともしていない。

「桜田さんにほんの少しでも会えるだけで嬉しいんだ」

困惑や戸惑いとは裏腹に、今日もまた彼の言葉に心が浮き立ってしまう。

こういうことに慣れていないせいか、鳳さんが惜しみなく想いを伝えてくれるからか、それとも好意を隠さない彼の笑顔が優しいせいか……。

このままじゃいけないと思うのに、今日も鼓動が小さく高鳴った。

からかわれていると思うのが普通かもしれない。

いくら紳士的に接してくれているとはいえ、相手は真っ当ではなかった人。

今はちゃんとした会社の社長らしくても、そう簡単に信頼しない方がいいのもわかっている。

人として問題がなさそうでも、さすがにプライベートではあまり親しくならない方がいい……と思うのは、きっとそんなにおかしい考えじゃないはず。

「ほら、行こう。ここにいたら冷えるし、風邪をひかせるわけにはいかない」

言い訳ばかりが頭の中でグルグル回っているのに、鳳さんの微笑みひとつで胸の奥がむずむずしてしまう。

今日こそ、ついていかない方がいい。

そう考える思考とは裏腹に、踏み出した足は彼に吸い寄せられていた。

車内では、鳳さんが話題を振ってくれ、私が答える。

こちらから質問していいのかわからなくて受け身でいると、彼がほんの一瞬だけ視線を寄越してきた。

「なにか訊きたいことは？」

「え？」

「訊いていいのか、って顔してる気がしたから。違うならいい」

見透かされていたことに驚き、そして少しだけたじろいでしまう。

訊きたいことがないと言えば嘘になるけれど、どういう質問ならいいのか……と悩んで口を開けない。

「別になんでも答える」

「なんでも？」

「生い立ちでも、過去でも、仕事のことでも。実際、俺の趣味や特技より、そっちの方が気になるだろ？」

「よくわかるんですね」

「わかるっていうか、俺らみたいな奴はそういうことばかり気にされるからな。それに、桜田さんには俺の背中を見られてる。気にするなっていう方が無理だろ」

自嘲気味に零された小さな笑みが、どこか寂しそうに見える。

その表情の意味は気になったけれど、詮索する気にはなれなかった。

「じゃあ、ひとつだけ」

「どうぞ」

「こんな時間に頻繁にいらっしゃいますけど、お仕事は大丈夫なんですか？　社長さんなんですよね」

前を向いたまま、鳳さんが瞳を緩める。

彼の双眸は、ただ真っ直ぐに正面を見据えているだけ。

そんな横顔すら綺麗で、なんだか視線を逸らせなくなりそうだった。

「この時間、俺は昼休憩だ」

「昼……？　えっと、もう六時過ぎてますけど」

思わず腕時計に視線を落とせば、「そうだな」と返ってくる。

「正確には、昼休憩をこの時間にずらしてる」

「なんでそんな……あっ！」

その理由を尋ねようとして、もしかして……と思い当たる。

「なんだ、意外と鈍くはないみたいだな」

褒められているのか、貶されているのか。

たぶん後者だったけれど、鳳さんの笑顔が不快感すら抱かせてくれない。

「……お腹空きませんか」

ただ、反応に困ってしまった私の口から出たのは、そんな言葉だった。

「病院に着く前にコンビニで買ったパンを食った」

「もしかして、いつもそんな食生活なんですか？」

「会食以外はだいたいそうだな」

「……栄養が偏りますよ」

「志熊と同じことを言う」

「そりゃあ、誰だってそう思います」

「適当に食ってるよ。たまには自炊もする」

「自炊？」

「焼き魚とか、気が向けば煮物なんかも作る」

「意外です。和食より洋食を食べるイメージでした」

「別に好き嫌いはそんなにない。ただ、和食は若い頃に嫌ってほど作る機会があったからな。なんとなく洋食よりは味覚と体に馴染んでる」

それは、彼の過去に関係あるのだろうか。

気になったけれど、ふと頭に過った疑問は口にしなかった。

「だとしても、社長が倒れたら社員の方たちが困りますし、ご飯はできるだけ規則正しく食べた方がいいです。そもそも、鳳さんは退院したばかりなんですから、昼休みをずらしたりなんてせずにご自身の体調管理をなさってください」

「うちのブレーンは志熊だ。俺がいなくてもあいつがいれば、たいていのことはどうにでもなる。それに──」

ちょうど信号が赤になり、ブレーキを踏んだ鳳さんが私の方を向いた。

「こうでもしないと、桜田さんに会えないだろ。俺は君に会えるなら食事なんてどうでもいい。だが、仕事を蔑ろにするわけにはいかないからな。これが最善だ」

どこか悪戯っぽい目が弧を描き、片方だけ口角を吊り上げる。

皮肉めいたその笑みが、とても色っぽかった。

「っ……」

仕事以外で男性と接することなんてほとんどない。

そんな私の目には、彼の艶のある瞳や口元は刺激が強かった。

「そういう顔もいいな」

鳳さんといると、ドキドキすることが増えた。

あの告白以降、彼は当たり前のように真摯に想いを伝えてくれる。

恋愛に耐性がない私には、騒ぐ心臓を抑える術も鳳さんの言葉をかわす手段もわからない。

心が落ち着かなくて、どこかむずむずソワソワして。戸惑ってばかりで困っているはずなのに、なぜか彼と過ごす時間は心地が好い。

矛盾する感情に振り回されても、不思議と嫌だと思ったことは一度もないのだ。

（どうして……？）

告白されたことなんてあまりないから。恋愛経験がないから。

そんな理由もきっとあるけれど、たぶんそれだけじゃない。

わからないことが増えていく中、私は頬の熱をごまかすことばかり考えていた。

「桜田さんと一緒にいると、あっという間だな」

程なくして零された言葉で、家の近くだと気づく。

鳳さんはアパートのすぐ前で車を停めると、「そのまま待ってて」と言い置いて運転席から降り、助手席のドアを開けてくれた。

「ありがとうございます」

「俺が勝手にしてることだ」

柔らかく微笑んだ彼が、小さな紙袋を差し出してくる。

「妹と食べるといい」

見慣れないロゴを見ながら、中身はきっとスイーツだろうと予想する。

鳳さんがこんな風にスイーツをプレゼントしてくれるのは、二度目に送ってもらったときからずっと。

フィナンシェ、マカロン、ロールケーキ。

いただいたものはどれも有名店のものだと、流行に詳しい蘭子が喜んでいた。

甘い物が好きな私も、もちろん嬉しいし、毎回おいしく食べさせてもらっている。

「先日もその前もいただきましたし、なにもお返しできませんから……」

けれど、こんなことまでしてもらっても、私は彼の好意を受け取れない。

「遠慮するな。桜田さんがもらってくれないと、どうせゴミ箱行きだ」

私が受け取らなくても、自分で食べるなり社員にあげるなりできるはず。

そんな言い方をするのは、たぶん私に気を遣わせないため。

鳳さんのことはまだよく知らなくても、彼がそういう人だというのはなんとなくわかってきたつもりだ。

「でも、送っていただいた上、プレゼントまでいただくなんて……」

「別に、こんなもので『付き合え』なんて強要しない。ただおいしく食べてくれるだけでいい。それに、今こうして一緒にいてくれることがなによりのお返しだ」

（ずるい……）

「本音を言えば、一緒に食事に行けたら嬉しい。だが、妹を大切にしてるところも気に入ってるから、妹と一緒に楽しんでもらえたら充分だ」

余裕の笑みが、私の胸の奥をきゅうっと締めつける。

こんな風に微笑まれてしまうと、頭で考えてばかりの自分が子どもに思えた。

「それに、俺はそういう桜田さんだからこそ惹かれてるんだ」

だから受け取ってくれ、と笑みを深められてしまう。

今日も簡単に負けてしまった私は、戸惑いながらもお礼を言うことしかできない。

「明日も日勤？」

「あ、はい」

「じゃあ、また迎えに行く」

うっかり頷いてしまいそうになった私に、鳳さんが小さく噴き出す。

「桜田さんといると飽きないな」

瞳を緩めた彼は、たじろぐ私が玄関の前に着くまでいつも見守ってくれている。

どこか周囲を気にしているようにも見えたけれど、私の視線に気づくとふっと微笑を零してから車に乗り込んだ。

（明日も来てくれるんだ……。って、そうじゃなくて！　今のは断らなきゃいけなかったんじゃ……）

頭ではわかっているのに、与えられた言葉や優しさが私を惑わせる。

相手は元極道。

生きてきた世界も、今いる場所も、まったく違う人。

自分に言い聞かせるように心の中で繰り返しても、真っ直ぐにぶつけられる優しい想いが心に深く刻まれていく。

そして私は、明日を楽しみにしている自分がいることに気づいてしまった。

＊　＊　＊

それから十日ほどが経った夜。

「おかえりー、お姉ちゃん。遅いから心配しちゃった」

仕事を終えて帰宅すると、蘭子が首を長くして待っていた。

「ごめんね。上がる頃に担当患者さんの容態が悪くなって」

「えっ、大丈夫なの？」

「うん。ちゃんと安定したし、夜勤のスタッフに引き継いできたから」

「そっか。じゃあ、先にお風呂に入っておいでよ。その間にご飯を温めておくから、早く食べてバレンタインのお菓子を作ろうね！」

「ありがとう。じゃあ、入ってくるね」

今夜は、蘭子とバレンタイン用のお菓子を作る約束をしていた。

お菓子作りは滅多にしないし、友人と交換すると言っていた蘭子と違って私は特に誰にもあげないけれど、蘭子から『一緒に作ろうよ』と誘われたのだ。

いつもより急いでお風呂と夕食を済ませると、狭いキッチンで蘭子と肩を並べる。

「お姉ちゃんとこんな風に料理するのって久しぶりだね」

嬉しそうな蘭子を見て、つられて笑みが零れた。

「そういえば、お姉ちゃんは誰かにあげないの？」

「えっ？」

一瞬、脳裏に鳳さんの笑顔が浮かんだけれど、慌てて首を横に振る。

「あげる相手なんていないよ！」

彼の顔を頭から追い出しながら、平静を装った。

「え～、本当に？　今、誰か思い浮かべなかった？」

「浮かべてないよ！」

蘭子は怪しんでいる様子だったけれど、ハッとしたように笑った。

「でもさ、あの人にはあげたら？　ほら、最近スイーツをくれる知り合いの人！」

鼓動が跳ねたことをごまかすように、咄嗟に笑みを浮かべる。

「高級スイーツのお返しが手作りのマフィンって、ちょっと失礼じゃない？」

「それもそっか」

蘭子はすぐに納得したようで、完成したマフィンをラッピングしてから「じゃあ寝るね」と言った。

「うん、おやすみ」

残ったマフィンは四個。そのうちふたつをラッピングして、部屋に持ち込む。

(何度も送ってもらったり、スイーツをもらったりしてるし……。バレンタインっていうか、お礼って感じで渡すならおかしくない……よね？)

鳳さんは今日も送ってくれ、いつものようにスイーツをプレゼントしてくれた。

車内でも別れ際にも『会えるだけで嬉しい』と言い、『君といると楽しくて時間を忘れる』と微笑んでくれた。

甘い言葉にドキドキして対処に困るのは、相変わらずなのに……。彼の笑顔ひとつで鼓動は高鳴り、すっかり拒絶の言葉も出てこなくなっていた。

戸惑っていても鳳さんに流されてしまうのは、きっと彼に惹かれ始めているから。

少し前に、ふと鳳さんに会えなくなることを想像したとき、寂しさを感じる自分に気づいてしまったのだ。

毎回必ず気持ちを伝えてくれる真っ直ぐさも、楽しそうにしたり優しく微笑んだりする表情も、もっと見せてほしいとすら思う。

戸惑うばかりだった心の中に、今は確かに喜びがある。

もう関わらない方がいいと思うのに、病院で私を待っていてくれると嬉しい。

「いい匂い……」

板チョコを砕いて混ぜ込んだだけのマフィンの香りが、鼻腔をくすぐる。

鳳さんがプレゼントしてくれるスイーツは、有名店のものばかり。

こんなものではお礼にすらならないけれど、彼なら喜んでくれる気がする。

日付が変わればバレンタイン。

「会えたら渡そうかな」

明日は会う約束をしているわけではないけれど、曖昧な言葉とは裏腹に鳳さんに会える予感がしている。

私は、彼の笑顔を思い浮かべながらバッグにマフィンを忍ばせた。

二　気づかされた本心

翌日、仕事を終えた私の前に、鳳さんは現れなかった。

私が日勤のときにはいつも、たとえ定時ぴったりに上がったとしても彼がいた。

だから、鳳さんの姿がないことについ違和感を覚えてしまった。

約束なんてしていないのに、ここ最近は彼が待ってくれていることに慣れてしまったせいか、このまま帰るのは憚られる。

わざわざ職員用の通用口に回ってみたり、院内のコンビニを覗いてみたりと、なんとなく鳳さんを探してしまう。

結局、二十分ほど様子を見ていたけれど……。今日は彼が来ることはなさそうだと判断し、わずかに重く感じる足取りで駅に向かった。

(変なの……。前は、鳳さんを避けるために正面玄関から出てたのに、今日はわざわざ通用口まで見に行くなんて……)

今、胸の中にあるのは、ホッとするような気持ちじゃない。

どちらかと言えば、落胆に近かった。

以前とは矛盾している自身の気持ちや行動を、どう捉えればいいのかわからない。

バッグの中で出番を待っていたマフィンを渡すため……と言いたいところだけれど、心のどこかではそれが言い訳に思えた。

ため息ばかりつきながら帰宅すると、蘭子の姿はなかった。

(友達と遊びに行ってるのかな。でも、もう帰ってくるよね)

時刻は十九時前。蘭子はバイト以外で遅くなることはない。

ひとまず鶏むね肉に調味料を揉み込み、冷蔵庫に入れた。

今夜のメニューは唐揚げとかきたま汁。節約のため、鶏もも肉じゃないけれど。

キャベツの千切りを用意し、そろそろ帰ってくるはずの蘭子のためにお風呂を沸かして待っていると、インターホンが鳴った。

このときの私は、気を抜いてしまっていたのかもしれない。

時間的にも蘭子だと思い、いつもなら必ず確認するドアスコープを覗くのを忘れてドアを開けてしまったのだ。

「おかえりー」

「ただいまー！　なーんつって」

ドアの前にいたふたりを見て、目を大きく見開いてしまう。

軽薄な笑みを浮かべた中津川は、「歓迎してくれて嬉しいなぁ」なんて言いながら右手で私の腕を掴んだ。

「うちのボスがね、返済額のことで鈴音ちゃんとお話したいんだって。怒らせると怖いから、一緒に来てくれる？」

中津川と倉田は、この間病院に来て以来、私の前に姿を見せていなかった。

あのまま諦めてくれるとは思っていなかったけれど、どうにかやり過ごせないかと思っていたのも事実。

どちらにしても、今の私に選択肢がないことは明白だった。

ただ、中津川たちの会社に行けば、無事に帰ってこられない予感がする。

「放して……！」

「お姉ちゃん？」

私が抵抗を見せたのと蘭子の声がしたのは、ほぼ同時だった。

「蘭子！　逃げてっ……！」

口をついた言葉は、きっと正しい。

ふたりが蘭子を見逃すとは思えないからこそ、蘭子だけでも逃げてほしかった。

「ちょっと！　お姉ちゃんになにしてるのよ！」

ところが、蘭子は倉田に向かってバッグを放り投げ、中津川の腕に掴みかかった。

「うわっ！」

「なにすんだよ！」

ふたりの声が重なり、中津川が蘭子を左手で突き飛ばす。すかさず倉田が蘭子の手を後ろで拘束し、髪を引っ張った。

「いっ……！」

「このクソガキ！　舐めた真似しやがって！」

「やめて！　蘭子にはなにもしないで！」

「おい！　すぐに店に出すって話だっただろ！　傷でもつけたらボスに殺されるぞ！」

怒りを見せた倉田に、中津川の声が飛ぶ。

その内容にゾッとし、とにかく中津川の手から逃れようともがいたけれど、男性の力に敵うはずがない。

髪を引っ張られたまま顔を歪める蘭子を、助けることもできない。

「放してっ!!」

「借金を今すぐ一括で返せるならな。それが無理なら拒否権なんてねぇよ！」

これまでは、彼らがここまで凄んでくることはなかった。

下品でいやらしい笑顔を見せられても、下卑た言葉をかけられても、恐怖心よりも嫌悪感の方が大きかった。

けれど、今は恐怖ばかりが膨らんでいく。

「い、たっ……」

「蘭子……！　わかりました！　私が会社に行きますから、蘭子だけは放してください！　蘭子はまだ高校生なんです！　こんな──」

「鈴音ちゃん、知ってる？　現役高校生と看護師って、ものすごーく人気なんだ」

〝誰に〟人気なのか……なんて訊きたくない。

背筋が粟立つほどの嫌悪感とともに、身に感じている危機感も大きくなっていく。

「俺らももうちょっと待ってあげたかったんだけど、うちのボスが『もう待てない』って言い出してね。安心しなよ、ときどき店に会いに行ってやるからさ」

欲に塗れた目に見下ろされ、ぞわりと悪寒が走った。

直後、後ろ手で拘束された蘭子が倉田に引っ張られた。

髪を掴まれているせいで歩き出すしかなく、涙を浮かべる蘭子は引きずられるようにして階段を下りていく。

私も同じように、中津川に力ずくで車の傍まで連れて行かれた。

車に乗せられてしまえば、私だけじゃなく蘭子も逃がせない。

掴まれている腕の痛みよりも強くなった絶望感に、もうどうしようもないのだと悟るしかなくなったとき。

「おい」

地を這うような低い声が聞こえ、体が急に解放されて地面に膝をついた。

「グッ……うっ……」

一秒も経たずして中津川の呻き声が飛び、倉田の身が蘭子から引き剝がされる。

「大丈夫か」

一瞬、なにが起こったのかわからずにいると、優しい声音が鼓膜を撫でた。

「……鳳さん？　どう、して……」

鳳さんはすぐさま私を立たせてくれると、蘭子へと視線を移す。

「っ……蘭子！」

私は慌てて蘭子に駆け寄り、頭で考えるよりも先に華奢な体を抱きしめた。

「お、ねえちゃ……」

涙で濡れる瞳が私を見つめ、全身をガタガタと震わせている。

「ごめん……ごめんね……！」

謝罪しか出てこない私の声も震え、姉妹で泣きながら抱き合った。

怖かった。不安だった。もうダメかと思った。

それなのに、傍に鳳さんがいてくれるという事実が、安堵感を抱かせてくれる。

「てめぇ、なにしやがる！」

中津川の怒号にハッとすると、倉田とともに鳳さんに殴りかかるところだった。

「ッ……！」

蘇った恐怖心に、喉がキュッと締まりそうになる。

ところが、鳳さんはふたりを軽々とかわし、それどころか倉田の脇腹に右手のこぶしを、中津川の下腹部に左膝をめり込ませた。

あまりにも鮮やかすぎて、まるで映画のワンシーンかと思ったほど。

中津川たちは大袈裟なくらいの呻き声とともに膝を折り、それぞれ痛む場所を押さえながらもう片方の手を地面についた。

「なんだ、相変わらず喧嘩も下手なのか」

鼻で笑うように言い放つ鳳さんの横顔は、異様なくらいに艶麗だった。

同時に、その目がちっとも笑っていないことに気づく。

「お前……冥界の聖獣、か……？」

「その呼び方をされたのは何年ぶりだろうな」

懐古感を含んだような声音が落とされ、鳳さんがふたりの前にしゃがむ。

「明日、お前らのとこに行く。ボスにもそう伝えておけ」

有無を言わせない力がこもった言葉に、中津川たちの顔が青ざめていく。

彼らはそのまま車に乗り込み、逃げるように発進させた。

「立てるか？　怪我は？」

蘭子を見れば、首を小さく振っている。

「ふたりとも、たぶん大丈夫です」

「それなら、とりあえず部屋に入った方がいい」

鳳さんに言われるがまま部屋に戻り、彼のことも中へと促す。

少し悩んだようにも見えたけれど、鳳さんは「お邪魔します」と微笑んだ。

「まずは風呂だな。ふたりで入ってくるか」

「え？　でも……」

「こういうときはまず体を温めるんだ。で、ちゃんと飯を食う」

「それを鳳さんが言うんですか」

ふっと、微かに笑ってしまう。

怖かったのに、あんな場面を見られて恥ずかしかったのに……。彼の優しい声が、恐怖に包まれた心を救ってくれた気がした。

「男が家にいると嫌かもしれないが、あいつらがまた来たら追い払ってやるから。ほら、入ってこい」

キッチンを使ってもいいかと訊かれて頷き、蘭子をバスルームに促す。

戸惑っていた蘭子は、鳳さんを気にしながらも私の後についてきた。

「あの人が最近スイーツくれてた人？」

お互いに無言で湯船に浸かると、蘭子が私をじっと見た。

狭い浴槽の中で膝を抱えて向かい合うとほとんど隙間がなくなったけれど、今はそれが安心感を抱かせてくれる。

蘭子も同じなのか、さきほどまで顔に浮かべていた恐怖が消えていた。

「うん……」

「……そっか」

蘭子はそれ以上なにも言わなかったものの、なにかを察したようでもあった。

お風呂から出ると、しょうゆとニンニクの香ばしい匂いが漂っていた。

狭いローテーブルに並んでいるのは、綺麗に盛り付けられた唐揚げ。キャベツが添えられ、スープらしき汁物も用意されていた。

「唐揚げと卵スープで合ってたか？」

「惜しいです。かきたま汁の予定でした」

外したか、と彼が肩を竦めて笑う。

「勝手に色々触って悪かったな」と言われ、私は首を横に振ってお礼を告げた。

「冷めないうちに食べるといい。俺はさっき食べたばかりだから気にするな」

「蘭子、いただこうか」

食欲なんてない。けれど、鳳さんの言った『ちゃんと飯を食う』はきっと正しい。

蘭子とふたりで手を合わせて唐揚げに箸をつけると、カラッと揚がっていてジューシーで、とてもおいしかった。

「おいしい……」

「味付けは俺じゃないけどな」

蘭子も「おいしいです」と呟くように言ったけれど、食欲がないみたい。

結局、私たちは半分も食べられず、彼は「残りは明日にでも食えばいい」と微笑み、片付けまでしてくれた。

「俺がここにいるからふたりとも休むといい。部屋の中にいるのが気になるようなら、車を持ってこさせてアパートの前にいるから」

「いえ、そこまでしていただくわけには……」

「いいから遠慮するな。女ふたりだとなにかと不安だろ」

ためらわなかったわけじゃない。

けれど、また中津川たちが来たら私では太刀打ちできない。

不安が勝った上、せめて蘭子だけでも守りたくて、厚意に甘えることにした。

鳳さんはキッチンにいると言ったけれど、私の部屋を使ってもらうことになった。

予備の布団ないため、私が蘭子の部屋で寝ることにしたのだ。

「あの人、お姉ちゃんの彼氏じゃないんだよね？　どうしてここまで……」

「……そうだね。でも、今日はなにも考えずに寝よう。ね？」

狭いシングルベッドで身を寄せ合うと、なんだか懐かしさが蘇ってくる。

そのおかげか、彼がいてくれるという安心感があったからか。先に眠った蘭子の寝顔を見つめているうちに、私も意識が薄らいでいった。

そのさなか、夕食の支度中にマフィンを自分で食べてしまったことを後悔した。

翌朝、私はまだ眠っている蘭子を置いてベッドから出た。

キッチンで立ち尽くし、これからどうするべきかと考える。

きっと、中津川たちは諦めたりはしないだろう。

一括で返済するお金がない以上、どうにか交渉させてもらうしかない。

もっとも、話が通じるような相手とは思えなかったけれど。

「もう起きてたのか」

「あ、おはようございます」

ドアが開く音と同時に、鳳さんがダイニングキッチンに出てきた。

気まずさを抱きつつも、頭を深々と下げる。

「昨日は……いえ、昨日も助けていただき、ありがとうございました。私ひとりじゃ、妹を守れませんでした……。本当に……鳳さんのおかげです」

ツンとした鼻の奥の痛みを堪え、鳳さんの目を見てしっかりと告げれば、彼は柔和な笑みを浮かべた。

「気にしなくていい。むしろ、間に合ってよかった。昨日は眠れたか？」

「はい、なんとか……。今日は夜勤ですし、出勤するまでに今後のことをゆっくり考えようと思います。それより、ベッドは使われなかったんですか？」

開いたままのドアから見えたベッドは、どうにも使われた形跡がない。

「付き合ってもない男に寝具を使われるのは嫌だろ」

不思議に思った私に返ってきたのは、優しい気遣い。

私が迷惑をかけているのに、そんなことにまで気を回してくれる鳳さんに申し訳なさしか抱けない。

「そんなことより、あとでハピネスローンに行ってくる。借金のことは俺が交渉しよう。妹さんには俺の部下をつけておく」

「で、でも、そんな……」

「迷惑だとか思ってないから気にするな。あそこは女ひとりで片を付けられるような会社じゃないし、どちらにしても桜田さんがどうにかできる相手じゃない」

戸惑いが勝って困惑していると、蘭子が起きてきた。

「蘭子……大丈夫？」

「うん。学校に行く準備しなきゃ」

「休んでもいいんだよ」

「なんであいつらのために休まなきゃいけないの？　お姉ちゃんが払ってくれてる授業料を無駄にしたくないし、そんなことしたらあいつらに負けるみたいじゃない」

気の強さはいったい誰に似たんだろう。

「お姉さんによく似てるな」

そんなことを考えていると、鳳さんがふっと目元を緩めた。

「芯があるところも、真っ直ぐなところも、姉妹そっくりだ。そういう気持ちは忘れないようにした方がいい。君の今日の選択は、いつか君の糧になる」

彼の口調が優しくて、なんだかむずがゆくなってしまう。

「蘭子ちゃん、なにも心配しなくていい。今日は俺が送迎するし、学校の傍に部下をつけておくから」

蘭子は怪訝さを見せていたけれど、昨日の今日ということもあって不安が残っているのは明白だった。

自分のことはともかく、蘭子のことを考えれば鳳さんの厚意はありがたい。

悩んでいた私の顔を見た蘭子に頷けば、蘭子は彼を見て素直にお礼を口にした。

蘭子を学校に送ったあと、鳳さんとハピネスローンに向かった。

彼からは家で待っているように言われたけれど、さすがに聞き入れられなかった。

借金は父が遺したもので、これは我が家の問題。

いくらなんでも、すべてを鳳さんに任せてしまうわけにはいかない。

彼は、私が傷つくことをひどく心配してくれているようだった。それでも、最終的には引き下がらなかった私の気持ちを汲んでくれた。

ハピネスローンがある雑居ビルは、以前に来たときのまま物騒な雰囲気だった。

「君はなにも話さなくていい。こちらが弱みを見せれば、相手は必ずそこを突いてくる。俺を信じて、ただ隣にいればいいから」

ビルに入る前にそんな風に言われ、不安な中でも心強さを感じられた。

私が小さく頷けば、「行こう」と促された。

ハピネスローンに足を踏み入れるのは、今日で二度目。

一度目に訪れたのは、父が亡くなってすぐの頃。

中津川たちに強引に連れてこられ、父が抱えていた借金の詳細を聞いた。

デスクとソファくらいしかない、相変わらず殺風景なビルの一室。

中津川の目配せで艶のない古いソファに促され、鳳さんが私の背中をそっと押す。

「久しぶりだな、鳳組の若」

「ヤクザは廃業しました。今はしがない経営者です」

鳳さんとハピネスローンの社長は、どうやら知り合いのようだ。

昔なにかあったのかもしれない。

ただ、鳳さんの方は顔色ひとつ変えずに社長を見ている。

社長は、五十代前半と言ったところだろう。

品のない明るい茶髪に吊り上がった目が、より下品さを強調している。

鳳さんの方が十歳以上は年下のはずなのに、彼の方が社長よりもずっと纏う雰囲気が洗練されている気がした。

「冥界の聖獣ともあろう男が、大人しくなったもんだな」

「おたくは相変わらず品のないご商売をなさってるようで」

社長が鼻で笑うように嘲笑し、「それで?」と切り出した。

「こんなところまでお茶しに来たってわけでもねぇだろ」

「彼女の借金は俺が一括で返す。それで終わりにしろ」

思いもよらない鳳さんの言葉に、慌てて彼の方を見る。

目が合うことはなかったけれど、鳳さんに言われたことを思い出し、飛び出しそうだった言葉は必死に呑み込んだ。

「おいおい、まるでこっちが悪者みたいな言い方だな」

「白々しいな。もともとたかが三百万だった借金がどうしていつまでも減らない?

借りに来る奴らが抵抗できないのをいいことに、また好き放題してるようだな」

「随分と調べてるようだが、組を捨てたヤクザもんが首を突っ込むな。ここはもう鳳組のシマじゃねぇ」

「悪いが、俺にも事情があってな。お前らが毎月の利息を昔より吊り上げてることは知ってる。……で、どうする？」

社長は鳳さんを睨んでいるけれど、鳳さんは優雅に足を組み替え、口元に微かな笑みを湛えている。

こちらが頼みに来ているはずなのに、なぜか鳳さんの方が遥かに有利に見えた。

「チッ！　おい！　この女の契約書だ！」

傍に控えていた中津川が、サッと契約書をテーブルに置く。

「言っとくけど、あんたの父親はろくに利子分も返済してなかったんだぜ？　俺らを悪者にする前に、自分の父親を恨みな」

悔しさと苛立ちがこもった揶揄に、唇を噛みしめる。

「不当な利子をかけてりゃ、返せるもんも返せねぇだろうよ」

鳳さんは社長を睨んだあとで、剣呑な目つきに変わった。

「だが、今後一切関わりたくないからな。お前らの望み通りの額を出してやる。ネットバンクか小切手、好きな方を選べ」

恐らく、ここに来てからの主導権は、ずっと鳳さんが握っていた。

社長はネットバンクを選び、鳳さんは相手の言い値を呑んですぐさま三百万円を振り込んでしまった。

「あんた、運がいいな。この男を夢中にさせるなんざ、よっぽどあっちの手腕がいいのか？　うちの店に出せなかったのが残念だ」

舐め回すような視線を受け、背筋に悪寒が走る。

すかさず、鳳さんが「おい」と唸るように口を挟んだ。

「下世話な詮索はするな。契約書はこっちで処分するが、今後一切彼女と妹には近づくなよ。話があるなら俺を通せ」

「はいはい。あんたに逆らおうなんざ、考えねぇよ。まだ命は惜しいんでね」

肩を竦めた社長が、私に意味深な笑みを向ける。

「行こう」

中津川と倉田は、一言も発することなく悔しそうにしていた。

車の中で、私はなにからどう話せばいいのかわからず俯くことしかできなかった。

お礼や謝罪では、もう到底足りない。

不甲斐なさ、悲しみ、羞恥、罪悪感……。

なにもできない自分自身が歯がゆくて、家族の問題に鳳さんを巻き込んでしまったことに対する負の感情がない交ぜになっていく。

ようやく「ごめんなさい……」と呟けば、彼が前を向いたまま微かに笑った。

「とりあえず、桜田さんの家に戻ってからゆっくり話そう」

私は、ただ「はい」と頷くしかなくて、家に着くのをじっと待っていた。

帰宅後、まずはコーヒーを淹れ、自室へと促した。ハロゲンヒーターを点け、ダイニングから持ってきたローテーブルにコーヒーカップを並べる。

狭い部屋で横並びに座り、意を決してすぐに開口した。

「助けていただき、本当にありがとうございます。鳳さんにはどれだけ感謝しても足りないと思ってます……。でも……私には返せるものはなにもありません」

感謝はどれだけ伝えても足りない。

私ひとりじゃこんなにあっさり解決できなかったし、蘭子のことも守れなかった。

そんなことはよくわかっていて、鳳さんへの感謝の気持ちもあるけれど……。

「もちろん、お金はきちんとお返しします。時間はかかるかもしれませんが、必ずなんとかします。ただ……失礼を重々承知の上で言わせてください。私は鳳さんにここまでしていただく理由はないので、こんなに助けていただくと困ります……」

それでも、ここまでしてもらうと、感謝と同様に困惑も大きかった。

きっと、借金の返済に関しては、今までよりも返せる目途は立つだろう。

けれど、家族どころか親戚でも友人ですらもない彼に、ここまでしてもらったことへの申し訳なさと罪悪感が拭えない。

情けなくて、なんだか恥ずかしくて……。それなのに、もう怯えなくていいんだと思うと、安堵感も芽生えている。

色々な感情が交ざり合い、いつしか視界が涙で歪んでいた。

「……君は真面目すぎるな」

優しい声が鼓膜をくすぐる。

「甘え方も知らないようだし、不器用さは昔の俺といい勝負だ」

決して呆れたようでも面倒そうでもなく、ただただ穏やかな声音だった。

私を労ってくれているようにも聞こえるせいか、気が緩んでしまったからか、涙が止まらなくなる。

「助けられたことに理由があれば、安心できるってわけでもないだろうが……」

滲む視界の中にいる鳳さんがどんな顔をしているのか、よくわからない。

涙を拭おうとしたとき、そっと伸びてきた手が私の体を抱きしめた。

「……っ!?」

声にならなかった驚きが、溢れるばかりだった涙を止める。

「理由ならある。好きな女を守るためっていう、俺にとっては真っ当で、絶対に譲れない理由がな」

体を包む体温をしっかりと感じたとき、力強くなった声が鼓膜に触れた。

一拍置いて、ゆっくりと体が離される。

どんな顔をすればいいのかわからないのに、鳳さんの表情を見ていたくて。直後にぶつかった視線を逸らすことができないまま、ひとときの沈黙が下りた。

「返せるものなんてなくていい。ただ、君自身をくれ」

(それって……)

真っ直ぐに受け止めていいとは思えない。

「勘違いするなよ。身売りさせるわけじゃないからな」

そんな私の戸惑いを、彼は力強く一蹴した。

「なぜなら、君が俺に惹かれてることは、とっくにわかってるからだ」

「え……」

「俺はもう、桜田さん以外の女性を見る気はない。だから、観念してそろそろ捕まってくれ」

真摯な瞳が私を見据えている。ただ真っ直ぐ、嘘偽りがないと言いたげに。

そして、迷いも戸惑いもない双眸がそっとたわませられたとき、グチャグチャだった心の奥から押し込めようとしていた想いが突き上げてきた。

鳳さんは元極道で、会社を担う今も、私とは住む世界が違う人。

だから、彼とは距離を置くことを考えていたはずだった。

それがいつしか鳳さんに会えることを楽しみにするようになり、昨日と今日には彼が助けてくれたことに安堵してしまっていた。

きっと、中津川たちと同じような世界にいた人なのに……。あんな人たちとは全然違う、と強く感じている私もいる。

一緒にいると胸の奥が高鳴って、笑ってくれると嬉しくて。鳳さんの想いを感じるたびに戸惑う反面、彼の言葉ひとつでドキドキしてしまう。

（そっか。私……）

これが恋心で、私は鳳さんのことが好きなのだ……とようやく気づく。

本心を自覚してしまうと、心が急速に駆け出していく感覚に包まれた。

きっともう、隠すことも消すこともできない。

自分の恋情を認めるしかない……と察してしまった。

「俺のことが本気で嫌なら、今ここでＮＯと言ってくれ。そうすれば、もう君に近づかないと約束する」

静かに紡がれた言葉に、胸の奥が小さく痛む。

けれど、その声音にはどこか余裕が覗いていて、私の気持ちなんて見透かされているのだ……とわかる。

悔しいけれど、嫌じゃない。

私の心は、私自身も知らないうちに彼に捕まっていたのだ。

「『姐さん』って呼ばれるのは無理です……」

「俺はもうヤクザじゃないから、そんな心配しなくていい」

「……きっと、住む世界も違うから、ご迷惑をおかけすると思います」

「住む世界が違うって思うなら俺の方だろ。でも、俺はどうしても君が欲しい」

心にあるためらいを口にしても、鳳さんがすんなりと打ち消していく。

蠱惑的にも思える笑みに鼓動が大きく跳ね上がり、胸の奥が甘く締めつけられた。

「私……鳳さんのことが好きみたいです」

ドキドキと脈打つ拍動を隠すように胸元に置いた手には、うるさいくらいの心音が伝わってくる。

それなのに、想いを伝えるのは意外なほど難しくはなかった。

鳳さんがふっと笑みを零す。喜びを隠し切れない……とでも言うように。

羞恥を感じていたはずの私の心にも、嬉しさが広がっていく。

「ああ、知ってる。だが、言葉にされると筆舌に尽くしがたいほど嬉しいものだな」

一瞬、蘭子の顔が脳裏を過ったのに……。微かに残っていたためらいは、彼の揺るぎのない瞳を前に溶かされてしまった。

「鈴音は甘え方を知らないようだが、これから甘え方を教えてやるよ。俺の傍にいれば、鬱陶しいほど甘やかしてやる」

唇の端を吊り上げ、うっとりしてしまいそうなほど艶麗な笑みを湛える。

そんな鳳さんに見惚れていると、端正な顔が近づいてきて唇に温もりが触れた。

キスだと気づくまでに要したのは、数秒。

「……っ！　い、いま……ッ、キ……！」

動揺して口をパクパクとさせる私に、彼は楽しそうに破顔した。

## 三　周囲の声

翌日、夕食を食べながら蘭子に昨日のことを切り出した。

昨日は夜勤で、私は鳳さんとともに蘭子を学校に迎えに行ってすぐに出勤した。

今日は蘭子がバイトだったため、ようやくゆっくり話す時間が取れたのだ。

「じゃあ、今まで通りでいいってこと？」

説明を終えた私が頷けば、蘭子が怪訝な顔をする。

鳳さんが借金の返済をしてくれたことは伏せた。

高校生とはいえ、たったふたりきりの家族である蘭子にはきちんと話すべきだと考えていた私に反し、彼が『言わなくていい』と言い切ったのだ。

『もともと返してもらうつもりなんてないが、いきなり現れた男が借金を肩代わりしたなんて普通は裏があると勘繰る。あの子は頭がよさそうだし、余計な心配をかけるだけだ。それに、変に気を遣われたくない』

鳳さんは、しっかりと理由を教えてくれたけれど、私はまだ迷っている。

こんなに大切なことを蘭子に隠すのは、後ろめたくもあった。

今後は、今までハピネスローンに返済していた分を彼に渡すつもりだし、肩代わりしてもらおうなんて思っていない。

だからといって、隠すことが正しいとは思えず、隠し続ける自信もなかった。

「中津川たち、あんなに私たちを会社に連れて行きたがってたのに？」

案の定、蘭子は納得しなかった。逆の立場だったら、私だって同じだったはず。

「鳳さんが上手く話をつけてくれたの。借金は今まで通り返済するけど、もう中津川たちが来ることはないと思うから心配しなくていいよ」

眉をひそめる蘭子は、「本当に？」と疑ってくる。

「うん、本当に。それでね、もうひとつ話があるんだけど」

「なに？」

「えっと……私ね、鳳さんとお付き合いすることになったの」

「はっ!?」

素っ頓狂な声を上げた蘭子が、目を真ん丸にしている。

「お姉ちゃん、私が学校に行ってる間になにしてたの!?　いや、待って！　言わなくていいんだけど、なんでハピネスローンに行ってそんなことになるの!?」

質問が止まらない蘭子に、思わずたじろぎそうになりつつ理由を告げる。

「前から好意を持ってくれてたみたいで……少し前に告白はされてたの。あ、一度はお断りしたんだけどね。そのあとは、ずっとちゃんとした返事はできなくて……」

「で、昨日返事したの？」

「う、うん……」

妹に恋愛事情を報告するのは、思っていたよりもずっと恥ずかしかった。

けれど、蘭子には鳳さんとのことを隠したくなかったのだ。

「あのさ……鳳さんってなにしてる人？」

「え？　えっと、会社の社長だけど」

「社長？」

「まだ詳しくは知らないけど、不動産業みたい」

「それって本当なの？」

「本当だと思うよ。入院中にお見舞いに来てた人たちに『社長』って呼ばれてたし、会社の話も普通にしてくれたから」

蘭子は、さきほどまでよりも険しい顔になり、なにかを考えるように黙った。

私も、彼のことをたくさん知っているわけじゃない。

けれど、日勤の帰りに送ってもらうとき、鳳さんは自分のことを話してくれ、昨日は名刺ももらった。

会社名を検索してみると、ごく普通の企業のようだったし、特に怪しそうな雰囲気もなかった。

「蘭子？」

押し黙る蘭子を見つめると、蘭子は箸を置いて息を吐いた。

「鳳さんは悪い人じゃないのかもしれない。ただ、助けてもらった人のことを悪く言いたくはないけど、一昨日の中津川たちの怯え方は異常だったよね？」

蘭子は、とても頭がよく勘もいい。

借金のこともだけれど、それよりも鳳さんのことを隠す方がよくない気がする。

本当は話さない方がいいと思いつつ、私が知っている彼のことを打ち明けた。

「鳳さん、昔はちょっと危ない世界の人だったみたい……」

「危ない？　……それって借金取り？　え、もしかしてヤクザとかそっち系？」

すぐに核心を突かれ、気まずさを抱えながらも「うん」と首を振る。

「はぁっ!?」

「あ、でも今は本当に真っ当な会社の社長みたいだよ？　昔の仕事は廃業して会社を興して普通に働いてるから、別に怪しいこととかはないし」

「お姉ちゃん、バカじゃないの⁉」

慌てて言葉を付け足すと、蘭子が大声を上げた。

「今はどうだろうと、ヤクザだったんでしょ⁉　だったら、今でもその筋の人間と付き合いがあるかもしれないし、下手したら中津川たちよりも危ないんじゃないの？」

「そんなこと……」

「ないって言い切れる？　お姉ちゃん、あの人のことどれだけ知ってるの？　ただの患者だっただけだよね？　絶対に素性なんてわからないじゃん！」

言い募る蘭子は、本当にしっかり者だと思う。

心配してくれているからこそ怒っているのも、蘭子の意見が正論なのも、頭ではちゃんと理解できている。

けれど、引き下がるつもりはなかった。

「確かに、蘭子の言う通りだよ。もともと患者さんだった人で、昨日まではすごく親しいってわけでもなかったし、素性だってまだわからない部分はある」

「だったら――」

「でも、好きなの」

ようやく気づいた気持ちは、もう隠せないし、消せる気もしない。

なにより、鳳さんは蘭子が思うような人じゃないはずだから……。

「あのねぇ……」

「優しい人なの。ちょっと強引なところもあるけど、なにかを無理強いされたりしたことはなかったし、入院中にも中津川たちから助けてくれたの」

「入院中に？」

小さく頷いて、中津川たちが半澤総合病院に来たときのことを話し、蘭子を真っ直ぐ見つめた。

「それに、私のことだけじゃなくて蘭子のことまで考えてくれてる。私も最初は元極道の人なんて……って思ってたけど、鳳さんは悪い人なんかじゃないよ」

「根拠はなに？　ヤクザなんて、普通は信用できないでしょ？」

「そうかもしれないけど……鳳さんのことは信じられる気がするの」

これまでのことを思い返せば、むちゃくちゃなこともあった。

ただ、鳳さんは強引ではあっても、私を傷つけるようなことはしていない。

病院に中津川たちが来たときも詮索せず、一昨日も昨日も助けてくれた。

昨日は仕事があったはずなのに、『志熊に任せたから大丈夫だ』と言って、蘭子を学校に迎えに行くまでずっと一緒にいてくれた。

心強かったし、嬉しかった。

それに、いきなりキスをされたときには驚きと羞恥で困惑したけれど、あのとき以降はなにもしてこなかった。

元ヤクザであっても、そんな鳳さんなら信じられると思っている。

「『信じられる気がする』って根拠になってないよ。お姉ちゃんはお人好しだから騙されてるだけで、優しいのだってお姉ちゃんを手に入れたいからじゃないの？」

「そんなことっ……！」

「とにかく私は認めないから！」

「待って！　ちゃんと話を――」

蘭子は食事中にもかかわらず席を立ち、振り向きもせずに自室にこもった。

静かなダイニングに、大きなため息が落ちる。

（やっぱり言うべきじゃなかった？　それとも、せめて借金は鳳さんが立て替えてくれたことを話せばよかった？　でも、余計に疑われたかもしれないか……）

返すつもりとはいえ、鳳さんは三百万円もの借金を一括で肩代わりしてくれた。

彼を疑っている蘭子なら、〝私を手に入れるための交換条件〟と考えてもおかしくはないだろう。

そうなれば、なおさら信頼してくれなくなるに違いない。

簡単に理解してもらえるとは思っていなかったけれど、前途多難であることを改めて痛感し、食べかけの夕食を見ながら肩を落とした。

＊＊＊

鳳さんと付き合うことになって、一週間が過ぎた。

最近の彼は多忙だったようで、今日はあの日から初めて会うことになっている。

といっても、鳳さんが夜勤明けの私を迎えに来てくれ、朝食を食べに行くだけ。

会社を担う鳳さんと、夜勤があるシフト制で働く私。

本当は夜勤明けのボロボロの姿を見られるのは恥ずかしいけれど、こういう形でもなければなかなか会えそうにない。

私の日勤に合わせて昼休憩を取るのも今後は仕事の都合で難しくなるらしく、これまでよりも回数が減ると聞いている。

それでも、少しでも会う時間を捻出してくれる彼の気持ちが嬉しい。

更衣室で念入りにメイク直しを済ませ、急いで正面玄関に向かった。

「お疲れ」

「お疲れ様です」

「俺はまだ仕事してないけどな」

冗談めかした言い方に、ついふふっと笑ってしまう。

鳳さんは、私と朝食を済ませてから出社する予定だ。

彼の会社ではフレックス制度を導入していて、今日は十一時に出社すればいいと聞いている。

ふたりで過ごせる時間は一時間ほどだけれど、それでもすぐに笑顔になった。

鳳さんの車で病院の近くにあるホテルのラウンジに行き、奥のテーブルに着いた。

お客さんはまばらで、私たちの周りのテーブルも空いている。

鳳さんはサンドイッチ、私はパンケーキを頼んだ。

「朝から甘い物か」

「私、朝からスイーツでも平気なんです。それに、夜勤明けってお腹がペコペコですし、糖分も欲しくなっちゃって」

彼は、私の話に相槌を打つようにしてくれている。

こんな他愛のない内容なのに、優しい微笑みはいつにも増して嬉しそうに見えた。

程なくして運ばれてきたパンケーキに、メープルシロップをたっぷりとかける。熱で溶けていくバターとともにシロップが全体に流れていき、甘い香りが鼻先をくすぐった。

「おいしそう」

コーヒーに口をつける鳳さんは、高揚を隠せない私に優しい眼差しを向けてくる。じっと見られていると食べづらくて、どぎまぎしてしまった。

「あの……あんまり見られると……」

「ああ、食べづらいか。悪いな。久しぶりに会えたから鈴音を見ていたかったんだ」

運転中はろくに見られなかったし、と付け足した彼の甘さがくすぐったい。

私も今日を楽しみにしていたけれど、一週間を〝久しぶり〟だとは思わなかった。

鳳さんは、私に会えたことをそれだけ喜んでくれているのかもしれない。

「じゃあ、少しの間見ないようにするから、ゆっくり食べろ。足りなければ、遠慮なく追加するといい。ケーキもあるぞ」

「そんなに食べられませんよ」

小さく噴き出しながらも、彼の厚意に温かい気持ちになる。

甘くてふわふわのパンケーキと香り高いニルギリが、疲労と空腹感に包まれていた体を満たしてくれた。

「近いうちにどこかに行かないか」

「え？」

「ちゃんとしたデートはしたことがないだろ。土日以外で丸一日時間を作るのは難しいが、夜なら平日でも時間が取れる。もちろん、蘭子ちゃんを優先していいから」

願ってもない提案に頷く前に脳裏に過ったのは、一週間前の蘭子の顔だった。

「なにかリクエストはあるか？」

「えっと……」

微笑を浮かべる鳳さんは、私がリクエストに悩んでいると思ったのかもしれない。

「ディナーだけだと定番すぎるが、ディナークルーズとかどうだ？　水族館でやってるナイトアクアリウムも人気らしいぞ。あとは、レイトショーはどうだ？」

色々と提案してくれたけれど、私の思考は蘭子のことでいっぱいになってしまう。

せっかく付き合って初めてのデートだというのに、さきほどまでの高揚感はどこへやら、心の奥に押し込めた悩みに捕らわれていくようだった。

「鈴音？」

「えっ？　あっ、ごめんなさい……！　行きたいところですよね？」

慌てて笑顔を繕うと、鳳さんが眉をひそめる。

「どうした？　なにかあったのか？」

「いえ、そんなんじゃ……」

蘭子に交際を反対されているなんて、彼には言えない。

助けてもらってばかりなのに、妹の賛成を得られなかったなんて話せない。

「仕事か？　それとも、妹となにかあったか？」

刹那、顔がわずかに引き攣ったことを自覚する。

鳳さんはそれを見逃さなかったようで、「蘭子ちゃんか」と苦笑を零した。

「どうした？　喧嘩でもしたか？」

「喧嘩っていうか……」

「……俺が元ヤクザだとバレて、付き合うことを反対でもされたか？」

隠そうとしたのに、彼は即座に核心を突いてきた。

図星だった私は、それを表情に出してしまったらしい。

「わかりやすいな。だが、ちゃんと理由がわかってよかったよ。そんな顔の鈴音とこのまま別れてたら、仕事が手につかないところだった」

冗談なのか、本気なのか。どちらかわからなかったけれど、鳳さんは蘭子の反応はあまり気にしていないようだった。

「あの……怒ってませんか？　怒るっていうか、嫌な気持ちにさせたんじゃ……」

「別にそんな風には思わない。ああいう世界でそれなりに過ごせば、偏見や侮蔑の目を向けられるのは日常茶飯事だからな。それで？　蘭子ちゃんはなんて？」

「認めないって……。騙されてるんじゃないかって……。ちゃんと否定したんですけど、まったく信じてもらえなくて……」

会話をかいつまんで説明したあとで答えれば、彼がふっと口元を緩めた。

「蘭子ちゃんの意見が正しい。真っ当な考え方だし、しっかりしてるな」

「でも……」

「俺のことは気にしなくていいが、俺のせいで喧嘩になったのは申し訳ないな」

「鳳さんのせいじゃないです……！　私が上手く話せなかったから……」

「いずれにせよ、たぶんすぐには理解してもらえない。でも、俺も蘭子ちゃんに認めてもらえるように頑張るから、鈴音は自分ひとりで抱え込まないようにしてくれ」

鳳さんの気持ちはありがたいけれど、それよりも悲しくなった。

彼はずっとこんな風に生きてきたのかもしれない……と感じたのだ。

悟りにも諦めにも感じるのは、私がそう思ってしまっているからだろうか。

どちらにしても、やっぱり蘭子にだけは理解してほしい。

この一週間、顔を合わせてもろくに口も利いてもらえていないけれど……。

「心配するな。時間がかかっても理解してもらえるように努力するから」

鳳さんの言葉に、胸の奥が締めつけられる。

私は迷惑をかけてばかりで、彼になにも返せていない。

それがつらくもあった。

「ほら、そんな顔をするな」

鳳さんは、立ち上がって私の隣に腰を下ろすと、自分の体で私を隠すようにして額に唇を落とした。

「っ……」

「なにがあっても俺の気持ちは変わらないから、なにも心配しなくていい」

額へのキスにたじろぎ、彼の言葉を心強く思う。

キャパオーバーした思考でも、優しい笑顔だけは目に焼きついていた——。

その夜、うちに珍しく客人が訪れた。

「成美《なるみ》！　急にどうしたの？」

ドアスコープで確認した姿に目を見開いて急いでドアを開けると、中学時代からの親友の石野《いしの》成実が苦笑を零した。

「私が呼んだの」

直後、後ろから蘭子の声がして、困惑混じりにふたりを見比べてしまう。

「お姉ちゃんは私の言うことを聞きそうにないから」

つまりは、鳳さんと私の関係を成実に相談したということだろう。

「私も蘭子ちゃんが正しいと思うよ」

彼女を自室に招くと、開口一番反対されてしまった。

同席している蘭子も、力強く何度も頷いた。

長い付き合いの成実は、うちの事情をよく知っている。

両親が亡くなった経緯。父に借金があったことや、返済に苦労していたこと。

それでも変わらずに友人でいてくれ、私たち姉妹をさりげなく気にかけてくれている彼女には、感謝してもし切れない。

「成美と蘭子の言い分はわかるよ。でも、私はなにも考えずに付き合うことを決めたわけじゃなくて……」

「聞いたよ。借金取りから助けてくれて、話もつけてくれたって?」

紅茶を一口飲んだ成実が、困ったように私を見る。

「うん。鳳さんがいなかったら、私も蘭子もきっと大変なことになってた……」

「でも、それこそおかしくない？　悪徳っぽいあの会社と話をつけられるなんて、弁護士ならまだしも普通の人じゃできないと思うんだけど」

「だよね！　それなのに、お姉ちゃんは『鳳さんはいい人』とか『信じられる気がする』とか、子どもみたいなこと言うんだよ！」

成実の言葉に、蘭子はこれ見よがしに共感してみせる。

「いい人でもヤクザだったんだよね？　今は社長らしいけど、過去にどんなことをしてたのかって考えると怖いし、これからだってなにがあるかわからないでしょ」

「ほらね！　普通はこう思うんだよ！　お姉ちゃんは騙されてるんだって！」

ふたりの厳しい口調からは、絶対に賛成できないと言われているも同然だった。

「成美と蘭子の言ってることは間違ってないのかもしれない。でもね、鳳さんは蘭子に反対されてるって知ってても、『蘭子ちゃんが正しい』って言ってくれたんだよ？」

親友と妹が心配してくれていることはわかる。

心配をかけていることをとても申し訳なくも思う。

けれど、それをわかっていても、私も譲れなかった。

「私だけじゃなくて蘭子もことも気にかけてくれて……。助けてくれたことを恩に着せることもなく、蘭子の気持ちだって理解してくれたの」

「それだって、鈴音と付き合うための作戦かもよ？　蘭子ちゃんにも同じようなことを言われたんだよね？」

「うん……。でも、私はそんな風には思えない。過去はどうであっても、私は私が知ってる今の鳳さんを信じたい」

罪悪感と申し訳なさは膨らんでいくのに、諦める気はなかった。

すぐに認めてもらえなくても、時間をかけて話せば少しずつでも理解してもらえるかもしれない。

そんな淡い希望の中、ふたりを見つめる。

「ふたりに心配をかけてるのは、本当に申し訳ないと思う。でも、私は鳳さんと一緒にいたいし、蘭子と成実にちゃんと理解してもらえるまで話をさせてほしい」

私はまだ、鳳さんのことを多くは知らない。

けれど、私が知りたいと願えば、彼はきっと話してくれるだろう。

そういう人だと思っている。

私だって最初は警戒していたし、わざわざ鳳さんを避けるようにしていた。

それが今や、彼に恋をして、恋人という関係性になったのだ。

ふたりだって、鳳さんのことを知っていけば、きっと見る目を変えてくれるはず。

「私はともかく、蘭子ちゃんはこのことはもう話したくないんじゃない？」

「それは……」

「そうだよ。私はお姉ちゃんになにを言われても認めないからね！」

「蘭子……」

紡ごうとした謝罪は、喉元で呑み込んだ。

どうせ折れる気がないのなら、中途半端な謝罪には意味がないと思ったから。

成実は呆れたようにため息をつき、ひとまず今日は帰っていったけれど……。ふたりきりになると、蘭子は不満を隠さずに自室にこもってしまった。

それから一週間が経っても、蘭子はまともに取り合ってくれなかった。

## 四　すべてと向き合う覚悟　Side Chihaya

三月に入ると、寒さがグッと和らいだ。

日勤を終えた鈴音を送る車内は、どことなく重い空気が漂っている。

視線を軽く助手席に向ければ、彼女は相変わらず浮かない表情をしていた。

「今日、蘭子ちゃんは？」

「学校のあとにバイトに行くみたいです」

「じゃあ、今日も会えないか。少しでも話せたら、と思ってたんだが」

「すみません……」

「謝らなくていい。むしろ、俺の方こそなかなか時間が取れなくて悪いな」

「そんな……。蘭子を怒らせてるのは、私がちゃんと話せてないからで……」

「そんな風に言うな。鈴音のせいじゃないんだから、自分を責める必要はない」

視界の端に映る鈴音は、落ち込んでいるのが見て取れる。

それでも微笑んでくれる彼女に、胸の奥が密やかに戦慄いた。

鈴音と付き合って半月が過ぎたが、ハピネスローンに行った日以降、蘭子ちゃんとは会えていない。

俺が仕事に追われているのもあったが、蘭子ちゃんとの予定が合わないのだ。

鈴音いわく、蘭子ちゃんはテスト期間中にもかかわらず、鈴音が家にいる時間には極力バイトを入れ、顔を合わせないようにしているようだった。

鈴音は落ち込み、この数日は電話の声も暗かった。

たったふたりきりの家族と喧嘩をしているのだから無理もない。

その原因が俺であるため、罪悪感と申し訳なさでいっぱいで心苦しくもあった。

蘭子ちゃんとはできるだけ早くきちんと向き合うつもりだし、姉思いの彼女が反対している理由もよくわかる。

ヤクザとして生きてきた俺にとって、こういうことは日常茶飯事だった。

侮蔑や偏見にさらされ、冷たい視線や怯える目を向けられ、普通の人たちからはそうそう信頼なんてされない。

ただ、鈴音にとってはつらいことだろう。

鳳組の人間として歩んだ日々にも、そんな自分の人生にも後悔したことはなかったが、彼女の心情を思えば今ばかりは過去を悔やみそうになる。

しかし、過去を含めてすべてと向き合うことこそが、鈴音を愛した俺の責務であるのもわかっていた。

たとえそれが、自分自身の身勝手な恋情のせいだとしても、彼女と別れる気はさらさらないのだから……。

ふたりきりの姉妹を仲違いさせておいてひどい人間だな、と自嘲する。

結局、俺はヤクザだった頃から根本は変わっていない。

目的のためなら決して譲らず意志を曲げない——そういうところが昔のままだ。

けれど、こんなにも誰かを欲しいと思ったのは初めてなのだ。

鈴音の顔を見るだけで嬉しくて、大切にしたいのにめちゃくちゃにするほど触れたくて、胸の奥がざわつく。

笑顔を向けられればつられて笑みが零れ、子どものようなキスをしただけで心が高揚して幸せを感じる。

今のように憂いている横顔ですら可愛くて、彼女のことが愛おしくて仕方がない。

病的なほどの恋情は、今日もまた募っていく。

「そういえば、リクエストは考えたか？」

「リクエスト……？」

「デートだ。この間話してただろ」

鈴音を励ますように明るい話題を向けたが、彼女の顔は浮かないままだ。

「すみません、まだ……。デートなんてしたことがないので、思いつかなくて……」

一方、鈴音の言葉に、俺の口元は緩みそうになる。

恋愛経験はそう多くなさそうだと思っていたし、キスも付き合った日にしたものが初めてだったようだが、まさかデートもしたことがないとは思わなかった。

（これはやばいな）

大切にしたいのに、早くもっと近づきたい。

このまま仕事に戻らずに、ベッドに連れ込みたい。

たっぷり甘やかして、うんざりするほど愛して、俺の色に染めてしまいたい。

そんな衝動に駆られていく。

「別に焦る必要はない。これからいくらでも時間を作っていけばいいし、思いつくことがあればなんでも言ってくれ。俺の方でも考えておくから」

口では余裕ぶっていても、心の中は様々な欲望が渦巻いていた。

「はい。ありがとうございます」

まだ他人行儀な鈴音が、ほんのわずかに表情を和らげる。

幸せな時間ほどあっという間で、彼女のアパートの前に着いてしまった。

「じゃあ、また連絡する」

「はい。お仕事、頑張ってくださいね」

これから取引先との会食に向かう予定があり、あまり時間がない。

もっと鈴音と一緒にいたいのに、早めに会社を抜けて日勤終わりの彼女に会いに来るのが精一杯だった。

「戻るのが嫌になるな」

「ダメですよ。ちゃんと戻らないと、これから会食なんですよね？」

「じゃあ、鈴音からキスしてくれ」

「へっ!? むっ、無理です……！　私、そんなのしたこと……！」

意地悪く微笑んだ俺に、鈴音が顔を真っ赤にする。

冗談半分で自分から仕掛けておいて、胸を撃ち抜かれるなんて思わなかった。

(クソッ……！　可愛すぎなんだよ！)

無償に触れたくなって、それなのにゆっくりできないことが忌々しい。

俺は、助手席にいる鈴音に手を伸ばし、少しだけ強引に顎を掬って唇を重ねた。

深く貪りたい衝動を抑え、柔らかな唇をそっと食むようにくちづける。

すぐに離れた方がいいとわかっているのに、まるで吸い寄せられていくようで。何度か離しては触れるのを繰り返し、鈴音の唇の感触を堪能した。

「ッ……ダメ、です……」

羞恥で目を潤ませた彼女が、俺の胸元をそっと押す。

可愛らしい抵抗に背筋が粟立ったが、揺るぎそうな理性を総動員して離れる。

真っ赤に染まった頬で俺を見る鈴音は、きっと世界で一番可愛いに違いない。

ガラにもないことを考えながら、会食に向かう車内で彼女との二度目のキスの感触と記憶を反芻していた。

＊　＊　＊

翌朝、出社と同時に志熊が社長室にやってきた。

「社長、少しよろしいですか」

深刻な顔をしている志熊の口ぶりが重く、悪い話であることは明白だった。

「どうした」

「年末に仕掛けてきてからずっと大人しかった皆藤《かいどう》の動きが、どうにも怪しいです」

予想通りの報告に、「やっぱりそうか」と眉をひそめてしまう。

「お気づきでしたか」

「皆藤の差し金かどうかまでは判断できなかったが、ここ数日俺をつけてる奴がいる。会社から出るときに二度、あとは昨日の会食の帰りにはマンションの傍にいた」

「やはり……。俺も二度ほどつけられました」

どうやら、志熊以外にも数人そういう社員がいるらしい。

そして、尾行されている人間は全員、鳳組の元組員だった者のようだ。

鈴音と付き合い始めてから、懸念していたことがふたつあった。

ひとつは、彼女の妹の蘭子ちゃんのこと。

そして、それよりももっと不安視していたのは、鳳組の元組員で現在もヤクザである皆藤哲二《てつじ》のことだった。

皆藤は、鳳組の舎弟頭だった男だ。

俺よりも十五歳上で、中学を出る頃にはヤクザと関係を持つようになり、十代のうちに鳳組の組員になるために自ら門を叩いたという。

野心家で生粋の暴力好きな性格は、見た目通りヤクザらしかった。

オヤジとの血の繋がりはないが、組長の座を狙っていたのは当時の組員たちの間では周知の事実だった。

そんな皆藤が、俺のことを気に入らなかったのは言うまでもない。オヤジから跡目を継ぐ者として目をかけられていただけでなく、オヤジの亡きあとに遺言状で俺がオヤジの養子になっていたことまで知ったのだ。

その上、俺は鳳組を解散させる直前に、皆藤のシノギだった麻薬の売買を食い止めている。

鳳組は、五代目の組長だったオヤジが麻薬や賭場、臓器売買といった、足が付きやすく法を大きく犯すことをご法度としていた。

ところが、皆藤だけは四代目のときから関わっていた麻薬の売買に密かに手を染め続け、そこから得たシノギを上納金として納めていたのだ。

オヤジが亡くなる二か月ほど前にそのことに気づいて報告すると、オヤジは俺に皆藤を止めるように命じた。

それができたのは、オヤジが亡くなる直前。

以降、皆藤からの風当たりがいっそう強くなり、そこへ組長が亡くなって遺言通りに鳳組を解散させたことで、奴は俺への恨みを募らせ続けているようだった。

組が解散して十年が経った今も、それは増幅し続けているのだろう。

昨年のクリスマスイヴの刀傷沙汰も、皆藤の息がかかった者が起こしたことであるのもわかっている。

そして今回、しばらくは静かだった俺たちの周囲に異変が起き始めていたのだ。

「恐らく、鈴音さんのことがバレるのも時間の問題かと」

「鈴音と妹に誰かつけてくれ」

「もちろんです。しかし、それだけでは……」

「わかってる。今夜、鈴音のところに行ってくる」

鈴音と付き合う前から警戒していたが、彼女の家や職場を含め、周辺には怪しい人間はいなかったはずだ。

けれど、今夜も大丈夫とは限らない。

直情型の皆藤が十年間も大人しかったのも気味が悪いが、昨年末から少しずつ動いているのは明らかなのに当の本人の姿が確認できないことがおかしかった。

昔のツテを使って調べさせたが、奴の行方だけは未だにわかっていない。

それがまた、不吉でもあった。

鈴音と蘭子ちゃんにだけは何事もないことを祈りながら、彼女たちのもとに鳳組の組員だった部下をそれぞれ急がせた。

仕事を終えてから鈴音の家に向かうと、彼女は笑顔で出迎えてくれた。

蘭子ちゃんも家にいるらしく、鈴音の部屋に来るように頼んでもらう。

「こんばんは」

姿を現した蘭子ちゃんに微笑みかけたが、彼女は無言で会釈をしただけだった。

「突然で申し訳ないが、できるだけ早く俺が借りてるマンションに移ってほしい」

「え？」

蘭子ちゃんが座ったのを機に切り出すと、彼女が目を見開いた。

「まだ詳しいことは言えないが、君たちを危険な目に遭わせないためなんだ」

身勝手な言い分だが、皆藤のことを話すわけにはいかない。

奴の居場所や行動が読めない以上、迂闊な情報は鈴音たちを危険な目に遭わせる可能性があるからだ。

鈴音には先に電話で引っ越しの件は話していたが、そのときにも皆藤のことは伏せたため、困惑しているようだった。

蘭子ちゃんに至っては、眉をひそめている。

しかし、俺の真剣さが伝わったのか、鈴音が息を小さく吐いた。

「わかりました」

「ちょっ……！　勝手に決めないでよ！　私はここから離れないからね！」

頷いた鈴音に反し、蘭子ちゃんが烈火のごとく怒りを見せる。

「蘭子、まずは話を聞いて」

「嫌っ！　なんで私たちがこの人の家に行かなきゃいけないの？　どうせヤクザだったことが関係してるんでしょ⁉」

「もしそうだとしても、私は鳳さんの言う通りにしたい。理由なら、きっと話せるときが来たら話してくれるよ」

「なにそれ！　物わかりのいい彼女のふり？　お姉ちゃん、絶対に騙されてるよ！」

声を荒らげる蘭子ちゃんに、鈴音は落ち着いた口調ながらも言い返している。

これ以上の喧嘩は見ていられず、俺が口を挟もうとしたとき。

「あのね、蘭子。ハピネスローンの借金、鳳さんが肩代わりしてくれてるの」

鈴音が静かに事実を告げた。

「は？」

「鈴音、それは――」

「いいんです。やっぱり蘭子も知っておくべきだと思うので」

俺を制した鈴音は、事の一部始終を打ち明けた。

「もちろん、お金はきちんと返すよ。でもね、もう利息が膨れ上がることはないし、あいつらが来ることもない。変な店に行かされるかも……って怯えないで済むの」

「……だとしても、この人は別の場所に行くように提案してきたよね？　それって、私たちを狙うのがあいつらから他の人に代わっただけじゃん！」

「蘭子……」

口調はきついものの、蘭子ちゃんの意見は冷静で正しい。

頭のいい子であるからこそ、この状況に納得できないのも重々理解できる。

「鈴音、蘭子ちゃんとふたりで話をさせてくれないか」

「でも……」

「いいよ。私も言いたいことがあるし。お姉ちゃんと話しても無駄だろうから」

「そういうことだ。俺と蘭子ちゃんも、一度きちんと話すべきだしな」

穏やかに告げれば、鈴音は蘭子ちゃんを気にしながらも部屋から出ていった。

「言っておきますが、私は懐柔されたりしませんから。お姉ちゃんと違ってお人好しじゃないし、ヤクザなんて借金取りより最低だと思ってます」

「今はヤクザじゃないが、その判断は概ね正しい。ヤクザなんて信用するもんじゃない。鈴音と俺が付き合うのを反対する理由も理解してるつもりだ」

蘭子ちゃんは、自分の言葉を俺が素直に受け入れると思っていなかったらしい。

少したじろいだように見えたが、すぐに眉間のしわを深くした。

「蘭子ちゃんの意見はもっともで、至極真っ当なものだ。大切な姉が元ヤクザと付き合ってるとわかれば、心配するのも不安になるのも反対するのも当たり前だ」

「そう思ってても、お姉ちゃんとは別れる気はないんですか？」

「……ああ。悪いな」

「お姉ちゃんがあなたと付き合わなければ、私たちは平穏に暮らしていけるんですよね？　借金を肩代わりしていただいたことには感謝しますが、お姉ちゃんとは別れてください。お金は必ず返します。今すぐは無理ですけど、私が卒業すれば――」

「君は鈴音に負けないくらいしっかりしてるな。鈴音を助けるためにずっと頑張ってきたんだろ」

必死に強がる姿がいじらしくて、不器用で甘え下手な鈴音と重なる。

俺が微笑んだからか、蘭子ちゃんがわずかな動揺を見せた。

「と、とにかく、別れてください！　借金を一括で返済することはできませんが、卒業するまではバイトをもっと増やしますから」

「そんなことは気にしなくていい。あれは俺が勝手にしたことで、返済だってしてもらおうとは思ってない」

「それはそれです。助けていただいて生意気ですが、母の治療費のために父が遺した借金ですから、私たち姉妹でどうにかします」

「気の強いところも不器用なところも、鈴音と本当によく似てるな」

クスッと漏れた声が蘭子ちゃんの勢いを止めたのか、彼女は口を噤んでしまう。

「仮に返すにしてもそう焦らなくていい。借金を理由に弱みを握ろうなんて考えてないから。それに、君は優秀のようだし、学歴はあった方がいいぞ。卒業したら働く気なんだろうが、それよりも進学する方がいいんじゃないか」

「そんなこと、あなたに――」

「関係ないかもしれないが、どうにも放っておけないんだ。俺も、学歴よりも金が必要だと考えてたときがあったからな」

「え？」

「俺を育ててくれた人が学をつけさせてくれたんだが、おかげで家族のように大事な奴らに居場所を与えてやれた。だが、そういうことはあとから気づけるものなんだ。今の時代、学歴がなくても道を切り開く方法はいくらでもあるが、自分の武器になるものはひとつでも多く持ってた方がいい」

蘭子ちゃんは神妙な顔のまま息を吐き、俺の目を真っ直ぐ見据えた。

「姉をたぶらかす気じゃないですよね？」

疑いの眼差しを受けながら、自嘲交じりに笑ってしまう。

「バカ言え。たぶらかされてるのはこっちだ。女に振り回されたのなんて、鈴音が初めてなんだぞ」

本気で返せば、彼女がしばらく黙ったあとで深いため息をついた。

「……やっぱり、どうしても賛成はできません」

「ああ、わかってる」

「でも……」

蘭子ちゃんの顔が複雑そうに歪み、こぶしをギュッと握った。

「姉は私以上に苦労してきた人だから、誰よりも幸せになってほしいと思ってます。姉の意志が変わらない以上、私にはどうすることもできません」

やっぱり、彼女はとても聡い子だ。

俺なんかよりもずっと、思いやりもある。

鈴音を支えるために、きっとたゆまぬ努力をしてきたのだろう。

俺たちのことを賛成できないのも、姉を大切に思うが故のこと。

だからこそ、この姉妹だけは守り抜きたいと思った。

「引っ越しも受け入れてくれるか？」

「……私が承諾しないと、お姉ちゃんが困るから」

小さく零された声に、ふっと笑みが零れる。

「君のことも鈴音のことも、ちゃんと守るよ」

蘭子ちゃんが折れてくれた形ではあるが、承諾してもらえたことに安堵する。

再び鈴音を呼ぶと、鈴音は蘭子ちゃんが納得したことに驚いている様子だったが、
蘭子ちゃんは鈴音の方をあまり見ようとはしなかった。

そんなふたりのことを気にしつつも、俺は「できるだけ早くマンションに移ってほしい」と告げ、彼女たちは戸惑いながらも頷いた。

# 三章　隠せない愛情

## 一　姉妹の本音

鳳さんと付き合ってから三週間が経った。

彼がうちに来て引っ越しの件を話してからは、今日で一週間。

姉妹ふたり分の少ない荷物は、段ボール箱の中に収まっている。

あのあと、引っ越しではなく一時的に仮住まいのような形にするのはどうかと訊いてみたけれど、鳳さんはあまりいい顔をしなかった。

彼自身になにか事情があるのとは別に、『前々から思ってたんだが、ここは女性が住むには物騒だ』と言われたため、私たちの生活環境を心配してくれていたのだろう。

確かに、うちはセキュリティどころか、治安もあまりいいとは言えない。

私の通勤と蘭子の通学、借金の返済を第一に考えると、相場よりも格安の家賃だったアパートにそういったものまで求めるのは無謀だったのだ。

蘭子のことを思えば、セキュリティがしっかりしたアパートを選びたかった。

けれど、父が存命だった頃に住んでいたマンションの家賃は新卒の私が蘭子と生きていくには支払えるものじゃなく、少しでも節約するために引っ越すしかなかった。

このまま返済を優先していたかったけれど、今後のことを考えるのなら先に住居を変えておくのもいいかもしれない。

蘭子と私だと、どうしても自分たちの環境なんて後回しにしてしまうから。

もちろん、返済額が増えることがなくなったというだけで、借金の残額は変わっていないけれど……。それでも、中津川たちが来ないことや利息が増えないとわかっていることで不安は減ったし、完済への希望の光は見えてきた。

引っ越しは明日の朝。

本当は蘭子の春休みに合わせたかったけれど、鳳さんが急いでいるのは明らかで、蘭子がそれを汲み取るように『いつでもいいよ』と言ってくれた。

相変わらず蘭子とはぎくしゃくしているものの、以前より風当たりは強くない。

なんとなく気まずさを残しつつも、会話もそれなりにするようになった。

鳳さんとどんな話をしたのかはわからないけれど、きっと彼がきちんと話してくれたんだろうし、それによって蘭子なりに色々と考えてくれたのかもしれない。

どちらにしても、蘭子が折れてくれたのは間違いない。

「蘭子、髪乾かしてあげる」

そんなことを考えながらお風呂上がりの蘭子を呼べば、訝しげな顔を向けられた。

「……急になに？」

「たまにはいいじゃない。この家での最後の夜だし。ね？」

蘭子を自室に誘い、ベッドの下に座ってもらう。

私はベッドに腰掛け、ドライヤーとブラシを手にして髪を乾かし始めた。

手入れの行き届いた長い髪が、熱風で揺れる。

フローラル系のヘアオイルの香りを感じながら、膝を抱えている蘭子の後ろ姿に目を細めた。

母が病弱だったため、昔はよく蘭子の髪を乾かしてあげていた。

少しでも母の手伝いがしたかったのもあるし、『蘭子のことをよく見てあげてね』という母の口癖がいつしか義務に近いものになっていたのもある。

それを嫌だと思ったことはあまりなかったけれど、子ども心につらく感じたり煩わしかったりしたことはあったし、どうして私が……と思ったこともあった。

けれど、いつからかこの役目もなくなり何年も経った今、もっと蘭子を甘やかしてあげればよかったかもしれないと反省することがある。

姉である私は、両親からも祖父母からもしっかりすることを求められていた。当時は蘭子ばかりが甘やかされているように思えたけれど、今振り返ってみれば母の体は蘭子を産んでからますます病弱になり、家にいることがほとんどなかった。当然、私よりも七歳年下の蘭子の方が母と過ごした時間も思い出も少なく、母に甘えられた期間はずっと短いのだ。

父が亡くなってからは、私は生きていくことと借金の返済で精一杯で、こんな風に蘭子と触れ合う時間がめっきり減っていた。

考えてみれば、もう何年も喧嘩もしていないし、私が思っているよりもずっと蘭子には我慢ばかりさせてきたのかもしれない。

「蘭子、ごめんね……。引っ越しのこと、受け入れてくれてありがとう」

止めたドライヤーの音に代わって、私の声が落ちていく。

乾いた髪をブラシで梳かしていく間、蘭子は一言も発さなかった。

「蘭子が鳳さんとのことを納得してないのもわかってるし、それだけ心配してくれてるのも理解してるつもりだよ。でも……やっぱり、私は鳳さんと一緒にいたい」

「……バカじゃないの」

「うん、そうだね」

「違う……！　っていうか、お姉ちゃんをバカだなって思うのは違わないけど、そうじゃなくて！」

ずっと背中を向けていた蘭子が、振り返って私を見上げる。

「お姉ちゃんはずっと家族や私のことばかり考えて生きてきたんだから、たまにはわがままに生きればいいんだよ！　そりゃあ、元ヤクザと付き合うなんてやっぱり賛成できないけど、わがままを言わないお姉ちゃんが意志を曲げないんだから、私にだってお姉ちゃんが真剣なことくらいわかってる！」

その目は真っ直ぐで、けれど蘭子の中にある葛藤がはっきりと映っている。

「蘭子……。ごめんね」

「謝らないで！　別れないんだったら、謝ったりしないで！　そんなに一緒にいたいなら、私のことなんて気にしないで自分の意志を貫いて！」

「蘭子を気にしないわけがないよ」

泣きそうな顔の蘭子に、苦笑が零れる。

「鳳さんのことは好きだし大切だけど、蘭子だって同じくらい大切なんだから。たったひとりの家族だもん」

「……バカじゃないの。お姉ちゃんは私がいなければもっと生活がラクになるんだから、私のことなんて無視してればよかったのに……。私なんて、どんなに偉そうなこと言ったって、結局はお姉ちゃんを頼るしかないんだから……」

「無視なんてできるわけがないでしょ。鳳さんと付き合ってても付き合ってなくても、蘭子のことはまた別なの。蘭子は私の妹だし、私は蘭子の親代わりなんだから」

「……うん。私もきついことばっかり言ってごめんなさい……」

「蘭子こそ謝らなくていいんだよ。蘭子の意見は普通なんだから」

ぎこちなかった空気が溶けていく。

蘭子は瞳に浮かんだ涙を手の甲で拭い、気まずそうに眉を下げた。

「元ヤクザなのは嫌だけど、あの人はいい人だと思う」

「うん」

きっと、蘭子なりに鳳さんのことを信頼できる部分があるのだろう。

それでも、賛成できない気持ちはわかる。

「でも、やっぱり元ヤクザなんて安心できない。それに……」

蘭子の心情を思いながら聞いていると、蘭子が拗ねたような表情になった。

「お姉ちゃんを取られるかもって思うと、あんまり好きにはなれない」

「バカね」

子どもの頃は、妹という立場で周囲に甘やかされる蘭子が羨ましかった。

私ばかりしっかりすることを求められて苦しかったし、少しだけ妬ましかった。

「蘭子はなによりも特別な存在だよ」

それでも、やっぱり私にとっては大切な妹なのだ。

「うん……。知ってる」

思わず笑みを零していた私を見て、蘭子も気を抜いたように小さく笑う。

私が蘭子を大切に思うように、蘭子も私を大事にしてくれている。

改めてそう感じ、久しぶりにふたりでちゃんと笑い合えた気がした。

「そういえば、成美ちゃんに連絡したんでしょ？」

「うん、昨日ね」

「なんて言われたの？」

ベッドに腰掛けた蘭子が、少しだけ不安そうにしている。

成実に鳳さんと私のことを相談した手前、蘭子なりに彼女を巻き込んでしまったという責任を感じているのかもしれない。

「最初は戸惑ってたみたいだけど、『私としては心から賛成はできない。でも、ふたりがいいなら他人の私からはなにも言えない』って」

「成美ちゃんらしいね」

「そうだね」

成実からは、『蘭子ちゃんにあんまり心配かけちゃダメだよ。しっかりしててもまだ高校生なんだからね』とも言われた。

このタイミングでそれを言うと、蘭子が自分は重荷なんだ……と感じそうだから伏せたけれど、私たちのことをよく知っている彼女らしい意見だと思う。

こんな風にはっきり厳しく諭してくれる親友がいて、私は恵まれている。

「私からもお礼言っとくね。私が連絡したせいで心配かけただろうし」

「お礼ならもう言ったけど、きっと蘭子が連絡したら成実は喜ぶよ。蘭子のこと、妹みたいに思ってるから」

「うん」

「落ち着いたら、また三人でご飯食べに行こう。今回のことで成実にはまた心配かけちゃったし、ランチくらいご馳走しなきゃ」

蘭子が笑顔で頷き、「そろそろ部屋に戻るね」と立ち上がった。

その後ろ姿は、ここ最近で一番軽やかに見えた——。

翌朝、鳳さんがやってきた。

彼が手配してくれた業者が、段ボール箱や家電をトラックに運び込んでいく。

作業はあっという間に終わり、蘭子と私は鳳さんの車で引っ越し先へと向かった。

「あの……家賃のことなんですけど、やっぱりいくらか入れさせてください」

車内で私が触れた話題に、彼が苦笑を漏らした。

「それはいらないって、もう話しただろ」

「でも……」

「今回は、俺の都合で無理に引っ越してもらうことになった上、引っ越し先は俺の家だ。鈴音と蘭子ちゃんの意見はひとつも聞けなかったのに、家賃なんていらない」

「気持ちはありがたいです。ただ、お姉ちゃんとも相談したんですけど、それだと気を遣うっていうか……」

困惑する私に加勢するように、蘭子が口を挟む。

「そもそも、俺が住んでるマンションはうちの会社が所有してるものだ。俺がその家賃を払ったところで会社に還元されるだけだし、なんの問題もない」

「でも、鳳さんは他のところに住むんですよね？　それって二重払いになるし……」

「鈴音から聞いてないのか？　俺は一時的に昔住んでた家に戻るんだ。そこは今は俺のものだから家賃は必要ないし、結果的に今までと支払い額は変わらないんだよ」

「お姉ちゃん、そうなの？」

「うん、そうみたい。鳳さん、お父様から相続した家があって、私たちが鳳さんのマンションに住む間はそっちで過ごすって。私も一昨日に聞いたばかりなんだけどね」

鳳さんが今まで住んでいたのは、彼の会社が所有するマンション。

そこをあえて自分で借りることにより、メリットやデメリット、改善した方がいいところなどを探し出す——という仕事上の目論見があったのだとか。

もちろん、鳳さん自身が気に入って借りたというのは大前提みたいだけれど、公私を兼ねた案だとも言える。

そして、彼は今日から実家——つまりは鳳組の家に戻ると聞いている。

鳳さんの義父でもあった鳳組の先代の組長から相続した家は、今は会社の若い人たちの寮代わりで、十人ほどが住んでいるらしい。

もともとは鳳組の組員たちが住んでいた家であるため、部屋数はそれなりに多く、どうせなら誰かに住んでもらおうと家賃や光熱費を格安で貸し出している。

人に住んでもらえれば必要な手入れがされるし、金銭的に余裕がない社員にとっては節約にもなり、寮というよりもシェアハウスのような感じだ。

一昨日にかかってきた電話で、鳳さんが『俺は実家に戻る』と言ったときにそう説明してくれた。

鍵がかかる彼の部屋は今もそのままだから問題ない、とも聞いている。

もっとも、それでも私たちが家賃を払わなくてもいい理由にはならないけれど。

「とにかく、家賃や生活費のことは気にするな。俺のせいでこんなことになったし、通勤や通学に時間がかかるようになる分、俺にできることくらいはさせてくれ」

それはやっぱりできないと拒否しようとしたとき、鳳さんが「このマンションだ」と言いながらウィンカーを左に出した。

「えっ!?」

蘭子と私の声が重なり、思わず後部座席に座る蘭子の方を見てしまう。

驚く私と同じように、蘭子も絶句していた。

恐らく、三十階以上はある。

そのマンションの地下へと入っていくと、彼は慣れた様子で駐車した。

「あの……ここですか?」

「ああ。セキュリティは万全だし、コンシェルジュと警備員が常駐してる。来客はまずコンシェルジュから内線で確認が入り、住人が許可した場合のみ通される。女性コンシェルジュもいるし、安心するといい」

天気の話でもするような鳳さんに反し、蘭子と私は困惑を隠せない。

社長だと知ってはいたけれど、外観からして想像以上の建物だった。

駐車場から地下のエントランスが繋がっていて、そことは別に一階にもエントランスがあるのだとか。

艶やかな大理石の床を歩いていけば、シャンデリアに照らされたホテルのようなエントランスでコンシェルジュに「おかえりなさいませ」と迎えられた。

見るからに場違いな蘭子と私を余所に、彼はエレベーターに案内してパネルにカードキーをかざし、三十五階へと向かった。

「エレベーターはこのカードキーをかざすだけで動くが、それぞれの住戸がある階にしか止まらない。ここの住人でも他の階には降りられない仕組みだ」

どこもかしこも、まるでテレビで観るようなラグジュアリーホテルと遜色ない。

程なくして着いた最上階には、二戸しかないようだった。

左側の三五〇一号室が鳳さんの部屋で、彼はスマホでドアを開錠した。

「部屋の鍵はスマホで開閉できるが、スマホの充電切れや故障の場合にも困らないようにさっきのカードキーも使える。スマホだと遠隔操作も可能だ」

鳳さんの説明についていくのが精一杯で、「どうぞ」と部屋の中に促されたときには『お邪魔します』と言うのも忘れていた。

「間取りは3LDKで、正面の部屋が主寝室だ。鈴音と蘭子ちゃんは、主寝室の左右の部屋を使ってくれ。どっちにするかはふたりで相談するといい」

広い廊下の正面に主寝室、その両隣には八帖の部屋があり、三部屋それぞれからバルコニーに出られるようになっているのだとか。

右側の部屋の隣がリビングで、広さは二十四帖ほど。

玄関を入ってすぐ右にあったドアはキッチンのもので、そこからもリビングにも行けるようになっている。

左側の部屋の向かいには、サニタリーとバスルーム、トイレがあった。

「俺の荷物はひとまず主寝室に突っ込んである。そこ以外は好きに使って構わない」

主寝室と残りの二部屋は鍵がかかるようになっていて、カードキーとともにそれぞれの部屋の鍵も差し出される。

反射的に受け取れば、彼は話を続けた。

「収納に関しては主寝室ほどの大きさじゃないが、クローゼットはどの部屋にもあるし、たぶん問題はないはずだ。だが、不便があれば遠慮なく言ってくれ」

端的にされる説明を聞きながら、ますますためらってしまう。

あまりにも分不相応すぎる高級マンションに、今ここにいるだけでも場違いだとしか思えなかった。

けれど、蘭子と私の戸惑いを余所に、やってきた業者が「荷物はどちらに運びますか？」と尋ねてきた。

「どうする？」

「えっと……蘭子は？」

「え？　あ、私はどっちでも……。お姉ちゃんが先に決めてよ」

本当にここに住んでいいのかという気持ちは拭えない。

そんな私に反して、鳳さんや引っ越し業者のスタッフたちの視線が刺さり、プレッシャーに負けて「じゃあ、リビングに近い方で……」と答えた。

鳳さんが頷き、スタッフに指示を出す。

私の少ない荷物はすぐに運び終わり、次いで蘭子のものが部屋に入れられていく。

「鳳さん、ちょっといいですか？」

「ああ」

その間に、蘭子を部屋に残して彼をリビングの方に促した。

黒い革張りのソファに座るように促され、ひとまず腰掛けた。

正面にある大きなテレビには、肩を並べる私たちの姿が映る。

普段なら鳳さんとの距離の近さにどぎまぎするだろうけれど、今はそれどころじゃなかった。

「あの……やっぱり家賃をいくらかお支払いします。さすがに全額は無理ですが、借金を立て替えてもらってる上に、こんなに立派な部屋を無償で借りるわけには……」

「本当に気にしなくていい」

「でも……家主である鳳さんを追い出して、私たちが住むなんて……」

眉を下げれば、彼が困り顔で微笑を零す。

「できることなら、本当は俺も一緒に住みたいさ」

「え？」

「だが、蘭子ちゃんもいるのにそんなわけにはいかないし、なにより鈴音と蘭子ちゃんはふたりで住むべきだ。だから、これでいい」

鳳さんは相変わらず、私のことだけじゃなく蘭子のことも考えてくれている。

申し訳なさでいっぱいなのに、彼の気遣いが嬉しい。

それに、どれだけ押し問答をしても、鳳さんが折れないこともわかっていた。

「わかりました。じゃあ、少しの間だけお言葉に甘えさせていただきます」

「少しと言わず、ずっと甘えてくれ」

冗談めかしたような笑みを向けてきた彼の視線に、鼓動が跳ね上がる。

「っ……！　あ、甘やかさないでください……！」

「言っただろ。『俺の傍にいれば、鬱陶しいほど甘やかしてやる』って」

鳳さんの手が、私の方に伸びてくる。

「悪いが、俺は有言実行主義なんだ」

唇を吊り上げた蠱惑的な微笑は、皮肉っぽく見えるのに甘さを孕んでいた。

そのまま唇が重なり、触れるだけのキスが贈られる。

リビングの外では人の気配がするのに、隠れて交わしたくちづけに胸の奥がきゅうっと戦慄いた。

「近いうちに鳳の家に遊びに来るか？」

「いいんですか？」

「ああ、もちろんだ。少しガラは悪いかもしれないが、鈴音なら歓迎する」

目を丸くすれば、彼が当たり前のように頷いてくれた。

「嬉しいです」

自然と笑顔になったものの、すぐに微かな不安が過る。

「あ、でも……ガラが悪いって……？」

「うちの社員はやんちゃっぽいというか、ヤンキー上がりみたいな奴が多いんだ。昔の組員のツテで入社した奴もいるから余計にな。だが、みんな向上心があって仕事熱心だし、鈴音に怖い思いをさせるようなことはないから心配しなくていい」

鳳さんと付き合っていくのなら、彼が育った家を見ておくべきかもしれない。

そんな思いもあったけれど、やっぱり素直に鳳さんのことを知りたいという気持ちの方が大きかった。

「ところで、鈴音はいつまで『鳳さん』って呼ぶ気だ？」

「え？　えっと……でも、なんて呼べば……」

「千隼でいい。むしろ、付き合ってるんだからそう呼んでくれ」

いきなり呼び捨てにするなんて考えられない。

「千隼、さん……じゃダメですか？」

様子を窺うように視線を上げれば、彼が不意を突かれたように手で口元を隠した。

「あの……やっぱりダメですか？」

「……ああ、いや……まあそれでいい」

そのあと、鳳さんは「なんでふたりきりじゃないんだ」と呟いた気がしたけれど。

「そろそろ戻るぞ。蘭子ちゃんの傍にいてあげた方がいいだろ」

彼は涼しげな顔で立ち上がり、私を廊下へと促した。

（今のってどういう意味だったんだろ……？）

私は不思議に思いながらも広い背中を追い、そのまま疑問を口にするタイミングはなかった。

# 二　幸せな朝

千隼さんのマンションに移り住んで、二週間が経った。

今まで住んでいた家よりもずっと広い部屋に、眺望のいいバルコニー。

黒を基調とした大理石のような床のバスルームには、大きな浴槽。パウダールームは、壁一面に大きな鏡がついたダブルシンク。

システムキッチンはモデルルームのように綺麗で、なにもかもが揃っているため、家から持ってきた家電は自分たちの部屋に分けて置いている。

そんな場所での生活には、さすがにまだ気後れしてしまうけれど……。ここからの通勤には慣れてきたし、家の中の勝手もようやくわかってきた。

仕事は順調だし、蘭子ともすっかり普通に話せている。

住居がいきなり豪華になったこと以外、至って平和で充実していた。

『お疲れ様です。なにか必要なものはありませんか？』

「いえ、大丈夫です。ありがとうございます」

『わかりました！　なにかあれば、いつでも連絡してください！』

元気な声にお礼を返し、スマホをバッグに入れた。

電話の相手は、新塚さんだった。

私より一歳下だという彼は、私たちの護衛代わりにこのマンションのゲストルームに住み、事あるごとに気にかけてくれる。

本当は千隼さんが住みたいようだけれど、私たちがここに移り住むことになった理由が関係しているのか、彼はあえて新塚さんに頼んだみたい。

その代わり、千隼さんは仕事帰りや昼休みを利用して毎日のように様子を見に来てくれ、そのうち三回は蘭子と三人で夕食を食べた。

そのおかげか、彼に対する蘭子の態度は少しだけ軟化したように感じる。

「お姉ちゃん、もう出るの？」

「あと十分くらいしたらね。今日は休憩が深夜だから電話はできないよ」

身支度を終えてリビングに行くと、蘭子がキッチンから顔を覗かせた。

土曜日の今日は夜勤で、これから出勤する。

以前よりも心配しなくていいはずなのに、やっぱり夜に蘭子をひとりにするときには気掛かりだった。

「わかってる。っていうか、お姉ちゃんって私のことをいくつだと思ってるの？」

「何歳になっても妹のことが心配なの」

肩を竦めて「はいはい」と笑う蘭子は、お弁当箱を差し出してきた。

「自分の晩ご飯のついでに作ったから持って行って」

「ありがとう。夜食にするね」

春休みに入った蘭子は、大半の家事を担ってくれている。

これまで通り分担でいいと告げても、『この家にいると落ち着かないから』と言い、バイトの合間に料理も洗濯も掃除もこなしていた。

申し訳ない反面、蘭子なりに私を気遣ってくれているのもわかる。

だから、当分の間は甘えることにした。

「あのさ……ちょっと話があるんだけど」

不意に神妙な顔つきになった蘭子に、「どうしたの？」と微笑む。

「もし……もし、仮にね？　私が進学したいって言ったら……やっぱり困るよね？」

予想もしなかった言葉に目を真ん丸にすれば、蘭子が気まずそうに視線を逸らした。

「ごめん！　やっぱり聞かなかったことに――」

「なに言ってるの！　困るわけないよ！」

「……本当に？」

私をじっと見た蘭子に、大きく頷く。

「前から何度も言ってたけど、私は進学するべきだと思う。蘭子は成績もいいし、自分がしたいことがあるなら遠慮なく進学していいんだよ」

笑顔を向ければ、蘭子が安堵交じりの微笑を零した。

「うん……。本当はね、ずっと勉強したいと思ってた分野があって……。でも、学費のこととか考えると厳しいし、借金もあるし……」

「新学期が始まってすぐに三者面談があるよね？　学費のことはそのときに先生に相談してみようよ。それまでにちょっと調べてみるね」

「私も先生に訊いてみる」

「うん。あと、確かに借金はあるけど、ハピネスローンから借りてたときと違って無理な返済はしなくても大丈夫なんだから、きっとどうにかなるよ」

蘭子は小さく頷き、嬉しそうに笑った。

「いつからそんな風に思ってたの？」

「勉強したかったのは結構前から。でも、進学を本気で考えたのは最近だよ」

「最近って？」

「……鳳さんと初めてふたりで話したときかな」

「え？」

目をパチパチと瞬かせる私に、蘭子がおかしそうに頬を綻ばせる。

「千隼さんになにか言われたの？」

「まあ、そんなところ。それより、お姉ちゃんそろそろ出なきゃ」

「その前に千隼さんになんて言われたか教えてよ」

「言わないよ。知りたかったら本人に訊けば？　っていうか、たまには鳳さんと外で会ってきたら？　ここにいれば安全だし、困ったことがあれば新塚さんが助けてくれるだろうし、別にお泊まりしてきてもいいよ」

「っ……！　急になに⁉」

妹からの予想だにしない提案に、一気にたじろいでしまう。

もちろん、千隼さんともっと距離を縮めたいと思ってはいるけれど……。私は彼が初めての恋人で、さらに言えばこんな風に人を好きなった経験もない。

そんな私が恋人と一晩を共にするなんて、想像だけで緊張感でいっぱいになった。

心の準備だって、まだ当分はできそうにない。

「別に～。私のことならご心配なく、ってこと。ほら、遅刻するよ」

からかうように笑う蘭子に背中を押され、玄関ホールに追いやられてしまう。

なんだか煙に巻かれた気がするけれど、「いってらっしゃい」と手を振る蘭子に苦笑を返し、エレベーターで一階に下りた。

コンシェルジュに迎えられるのはまだ少しだけ緊張する。

けれど、エントランスを出た先に広がっていた春の夕空を見て笑みが零れた。

翌日、仕事を終えて帰宅すると、蘭子はバイトに行っていた。

蘭子が帰ってくるまで眠ろうと、シャワーを浴びてベッドに突っ伏す。

顔を横に向けると、このマンションに不釣り合いなインテリアやチープな家電が目に入って苦笑が漏れたけれど、すぐに瞼の重みに耐えられなくなった。

よく眠ったのかもしれないし、そうでもなかったのかもしれない。

次に目を開けたのは、スマホの着信音が聞こえてきたときだった。

寝ぼけ眼のまま手探りでスマホを探し出し、半目でディスプレイを確認する。

直後、弾かれたように飛び起き、反射的に通話ボタンをタップしていた。

「もしもし？」

『悪い、鈴音。寝てたよな？』

「い、いえ……！」

『声が寝起きだけど、まあいいか』

電話の向こうでクスッと笑う声が聞こえる。

千隼さんの声で、思考が一気にクリアになった。

「えっと、どうしたんですか？」

『これからそっちに行っていいか？』

「もちろんです。千隼さんの家なんですから、私たちに遠慮しないでくださぃ」

『そうはいかない。蘭子ちゃんもいるんだし、不在のときに勝手に入ると嫌だろ』

「そんなことないですから」

蘭子も私も、外出時にはそれぞれの部屋に鍵をかけている。

千隼さんがいつ来てもいいように、そして彼と私たちがお互いに気を遣わなくていいように……とふたりで相談して決めた。

ところが、千隼さんはこの部屋に来るときには必ず事前に連絡をくれるのだ。

私はもちろん、特に蘭子を気遣ってくれているようだった。

『とりあえず、十分くらいで着くからあとでまた話そう』

私は「わかりました」と言って通話を終え、ふぅ……と息を吐く。

電話は声が近くに感じるせいか、まだ慣れない。

彼の声が触れていた鼓膜から、甘い熱が密やかに広がっていった。

「……って、私、部屋着！　ああっ、しかもスッピン……！」

ぼんやりとしていた私は、慌ててベッドから下りる。

今からだと着替えるだけで精一杯で、メイクをする時間なんてない。

ところが、電話を切ってから五分後には千隼さんが到着し、彼の来訪を告げるインターホンの音が響いた。

自分の格好を気にしながらも玄関に急ぐと、ドアを開けた先に千隼さんがいた。

「ただいま」

「お……おかえりなさい？」

くすぐったいやり取りとルームウェアとスッピン。

全部が恥ずかしくてたじろぐ私に、彼がさらりとキスを落とす。

「っ……！　ここ、外ですよ！」

「誰もいないよ。鈴音がそんな可愛い格好で出てくるのが悪い」

「そ、そういうのは責任転嫁で――んっ！」

言い返す私の唇が、再び千隼さんに塞がれる。

そのまま肩を抱かれて部屋の中へと体を滑り込まされ、今度はドアに優しく押し付けられた。

甘ったるく食まれた唇に熱が灯る。

キスの仕方をまだきちんと知らない私は、彼にされるがまま。

ドキドキして恥ずかしくて逃げ出したいのに、大切に扱われていることがわかる優しいくちづけが嬉しい。

なんて考えていると、微かに開いた唇の隙間から熱い塊が押し入ってきた。

「ッ、ふ……っ」

それが千隼さんの舌だと気づいたときには、彼の熱を口内に感じたあとだった。

自分のものじゃない塊が口腔を這い、優しく舌を捕らえられる。

ゆるゆるとくすぐられ、かと思えば搦め取られて。まるで私を探るような動きに、身も心も思考までもが追い詰められていく。

呼吸も忘れて翻弄されていると、おもむろに唇が解放された。

肩で息をする私の顔は、きっと真っ赤に違いない。

反して、千隼さんは涼しげに目元を緩め、私を見下ろした。

「これくらいでそんな顔してると身が持たないぞ」

「なっ……！　わ、私、初心者なんですけど……！」

「知ってる」

クスクスと笑う彼は、どこか少年のような無邪気さを纏っている。

大人で、色っぽくて、いつだって余裕そうで。そんな千隼さんばかり見てきた私の胸の奥が、トクンと甘い音を立てた。

「鈴音が俺のキスに早く慣れてくれるように頑張るよ」

「が、頑張るって……」

頬の熱がさらに上昇する。

あと三秒もすれば、抗議の言葉が溢れそうだったのに……。近づいてきた端正な顔に見惚れていると、再び唇を塞がれてしまった。

触れるだけのくちづけに、なんだか疼きにも似た感覚が芽生えてくる。

「そんな物足りなさそうな顔するなら、もっと濃厚なキスするぞ」

私をするりと抱き寄せた彼の瞳が、愛おしげに弧を描く。

美麗な面持ちに見惚れて、身を委ねかけたとき。

「ただいまー」

玄関のドアが開錠される音が響き、直後に蘭子が家の中に入ってきた。

弾かれたように千隼さんから離れると、蘭子が私たちを見る。

「おかえり。腹減ってないか？　もう少ししたらピザでも頼むか」

彼が飄々と笑うと、蘭子が微妙な顔をしながら「着替えてきます」と言い、私たちを押しのけるようにして部屋の中へと足を踏み入れた。

「俺たちも中に入るか」

ここに留まっていたのは千隼さんのせいです、とか。

蘭子に見られたらどうするんですか、とか。

言いたいことはたくさんあったけれど、私は全身の熱を冷ますためにできるだけ千隼さんの顔を見ないようにした。

＊　＊　＊

四月に入っても生活は平穏そのもので、千隼さんとの関係も順調だった。

今日は付き合って二か月目の記念日。

一か月のときには引っ越しの件で慌ただしく過ぎていき、残念ながらなにもできなかったけれど、今回はたまたま土曜日でお互いの休みが重なっている。

それがわかった段階で彼からデートに誘われていて、今日は鳳家にお邪魔することになっていた。

（もしかして、キス以上のこと……ううん、家には社員の人たちがいるはずだし、そそんなはずないよね？）

今日の予定が決まったのは、一週間ほど前。

そのときからずっと繰り返している自問自答は、まったく解決していない。

千隼さんが育った家を見てみたかったし、彼と時間を気にせずにゆっくり会えるのは初めてだから楽しみで仕方がなかったけれど。もしふたりきりになったら……という妄想を何度もしてしまい、日に日に緊張感が膨らんでいった。

（でも、千隼さんなら無理強いはしないだろうし、そもそもさすがに社員さんたちがいる家で甘い雰囲気にはならないよね）

「鈴音、着いたぞ」

千隼さんの声でハッとし、車から降りる。

重厚な門構えの日本家屋は、想像よりもずっと立派な造りだった。

門を潜ると左側に庭が広がり、大きな松の木の傍には池がある。数匹の錦鯉が泳いでいるらしく、「あとで庭も案内するよ」と言われて頷くことしかできなかった。

「男ばかりで賑やかだが、緊張しなくていいから」

彼が玄関の引き戸を開けると、「おかえりなさい！」と十人の男性に迎えられた。

「千隼さんの彼女さん、こんにちは！」

「めちゃくちゃ可愛い人じゃないですか！」

「なんていうか、清楚っすね！」

次々に声をかけされ、気圧されながらも「こんにちは」と頭を下げる。

「おい、こら。鈴音が困ってるだろ。ちょっとは落ち着け」

千隼さんの一声でみんなが離れ、和気藹々とした雰囲気のまま客間に通された。

三十畳はありそうな和室に、なぜか全員が集まっている。

「俺は着替えてくるけど、お前らは自分の部屋に行けよ」

「いや、馴れ初めとか聞きたいっす」

「俺は鈴音さんと話したいです」

みんな、見るからに若い。恐らく私よりも年下だろう。

そのせいか勢いがあって、私はずっとたじろぐばかりだった。

「なんでお前らに馴れ初めなんか教えないといけねぇんだ。いいか、余計なこと言ったら、もう差し入れしてやらないからな」

千隼さんが釘を刺すと、「脅しっすか！」と冗談めかした声が上がる。

そのやり取りは、社員を相手にしているというよりも友人や親戚のような和やかな雰囲気で、社長と社員という感じはまったくしない。

しかも、千隼さんはなんだか楽しそうで、リラックスしているようでもあった。

彼のこんな姿を見られただけで、幸せな気持ちになる。

千隼さんが席を外すと、コーヒーを振る舞われた。お礼を言って手土産として購入しておいた焼き菓子を渡せば、大袈裟なくらい喜ばれた。

彼を待っている間は誰も私を質問攻めにするようなことはなく、「リラックスしてくださいね」と気遣ってくれた。

「余計なことは言ってないだろうな」

すぐに戻ってきた千隼さんの言葉に、「言ってません！」とみんなの声が揃う。

私も頷こうとしたとき、彼の姿を見て目を見開いた。

「着物……」

千隼さんが身に纏っているのは、美しい藍染めの着物。

灰青色の帯と合わせた着こなしは、似合うのはもちろん、様になっている。

「ああ。着物は全部ここに置いてあるから向こうでは着ることはなかったんだが、この家に戻ってからは着物ばかりだ」

「に、似合ってます」

ふっと目を細める姿が色っぽくて、なんだか彼を見られない。

「ここだと落ち着かないだろ。俺の部屋に行こう」

千隼さんに促され、みんなにお礼を言って彼についていく。

案内された部屋は、旅館のように和モダンな造りになっていた。

十二畳ほどの部屋のうち半分が板の間で、ダブルサイズのベッドとデスクが置かれている。

書棚には書籍がずらりと並んでいたけれど、全体的にシンプルな雰囲気だった。

「てっきり和室なのかと……」

「昔はそうだったんだが、和室はプライバシーが守られにくいからな。まだ組が解散するなんて思ってなかった頃に、組長と若頭の部屋だけリフォームしたんだ」

千隼さんが居間から持ってきたコーヒーをローテーブルに置き、座布団を指差す。

「障子を外してドアに鍵をかけられるようにしたら、オヤジには微妙な顔をされたよ。だが、結果的にそのおかげで大事な情報が外部に漏れずに済んだこともある」

肩を並べて座れば、彼の横顔が懐かしげに笑みを浮かべた。

「組長……って、千隼さんのお父様ですよね？　どんな人だったんですか？」

「豪気で、真っ直ぐで、温かい人だった。妻子はいなかったが、組員たちを本当の家族のように大事にしてた。ヤクザらしくて、でもどこかヤクザらしくなかったよ」

幸せそうなのに、少しだけ寂しそうに見える。

父のことを語る息子であり、尊敬する師を偲ぶようでもあった。

それから、千隼さんは自身の生い立ちを少しだけ話してくれた。

自分を捨てた母親、組長であるお父様との出会いとここで過ごした日々。

傷だらけで、けれど温かくて。簡単には語り尽くせない思い出を静かに語る彼は、普段のような精悍で怜悧な雰囲気はない。

家族の話をする、ごく普通のひとりの男性だった。

「なんにせよ、オヤジには感謝してるよ。オヤジが大事にしてたものは、これからも俺が守っていきたいと思ってる。それが俺が通せる最後の仁義だからな」

真っ直ぐな双眸は、まるでお父様の意志を継いだことを語っているみたいだった。

「さっきいた奴らは、元組員の関係者ばかりなんだ。組員だった奴はいないが、組員の子どもだったり取り立てで行った先でネグレクトを受けてた子どもだったり……みんな、複雑な事情を抱えてる。だから、ここは寮というより下宿みたいなもんだな」

「千隼さんが着替えに行かれたとき、ここの家賃は格安だと聞きました。差し入れも頻繁にしてくれて、ときどき千隼さんが料理を作ってくれるって」

「あいつら、そんなこと話してたのか」

「はい。みなさん、千隼さんのことが大好きみたいですよ」

「親に愛されなかった子どもの気持ちがよくわかるからな。俺がオヤジから与えてもらったものを少しでも教えてやれたらいいな、とは思ってる」

千隼さんが慕われている理由がよくわかる。

ここにいる人たちや新塚さん。楠さんとはまだあまり話したことはないけれど、彼だってそうだろう。

千隼さんのことを少しでも知れたのが嬉しくて、自然と笑顔になる。

私を見ていた彼も微笑み、ふと沈黙に包まれた。

顎を掬われ、視線が真っ直ぐに絡み合う。

鼓動が大きく跳ね、甘くなった空気にこの先に起こることを予感する。

「あ、の……千隼さん……」

「黙って」

低い声が鼓膜をくすぐり、背筋が粟立ちそうになる。

「でも、みなさんが……」

「俺が部屋に入ったら家を空けるように言ってあるから、今は俺たちしかいない」

「え？」

「あいつらにはホテルを押さえたから気にしなくていい」

なんて用意周到なんだろう。

蠱惑的な笑みがすべてを見透かすようで、私は最初からずっと千隼さんの手の上にいたみたいだ。

少しだけ悔しいのに、キスを落とされた唇からは文句も抗議の言葉も出てこない。

甘く優しいくちづけにうっとりするまでは、あっという間のこと。

繰り返し食まれる唇が熱くて、頭が沸騰してしまいそう。

彼が私の口内に舌を差し入れ、キスは次第に深く激しくなっていく。

息が苦しくなったところで、千隼さんが私を抱き上げてベッドに移動した。

そのまま組み敷かれ、視界いっぱいに彼の顔が映る。

「なにも考えなくていいから、俺だけを見てろ」

ドキドキして、どうすればいいのかはわからない。

けれど、怖くはないし、不安だってない。

緊張感はあるけれど、千隼さんにならすべてを委ねてもいいと思えた。

顔中にキスの雨が降る。

甘くて優しい触れ方に、彼に大切にされていることが伝わってくる。

アイボリーのVネックのトップスの裾から、大きな手が差し込まれる。

素肌に触れられると、羞恥とともにくすぐったいような感覚に包まれた。

緊張で身が強張りかけると、千隼さんが甘やかすようなキスをしてくれる。

深すぎず、けれど浅くもない。

どこか小さな子どもをあやすがごとく優しく、ときおり思い出したかのように舌を搦め取られる。

程なくして、くすみピンクのチュールスカートも脱がされ、下着も取られた。

肢体をさらすのは恥ずかしくてたまらなかった。

それなのに、帯を解き、着物を脱いでいく彼から目が離せない。

腕に絡むような刺青も、体に散見している傷跡すらも愛おしい。

思わず微笑むと、千隼さんが不意を突かれたように目を見開いた。

「あぁっ、クソッ……！」

突然悔しげに吐き捨てられ、反射的に肩が強張る。

なにか失敗したのかと考えて、不安になったとき。

「可愛いなんてもんじゃない。本当にどうしてくれようかと思わされるよ」

困り顔で微笑まれて、鼓動が大きく跳ね上がった。

「ここまで俺を夢中にさせたんだ。逃げられると思うなよ？」

凶悪で重い束縛のような言葉なのに、私には愛の囁きにしか聞こえない。

色香を孕む瞳に射抜かれた瞬間、この人のすべてが欲しい――と強く思った。

「逃げません……。逃げたりなんかしませんから、もっと……」

言葉の代わりに乞うように首に腕を回せば、微かな舌打ちが聞こえた。

「っ……！」

刹那、そのまま彼に貫かれ、痺れるような感覚と甘い痛みに襲われた。

あとはもう、無我夢中で千隼さんを受け入れるしかなくて。激しい熱を与えられる中、彼の匂いと体温が全身に刻み込まれていった――。


心地好い微睡みと気だるさに包まれる中、声が聞こえてきた。

「そうか……。ああ、わかった。引き続き動向を追ってくれ」

まだ目は上手く開かないけれど、それが千隼さんのものだということはわかる。

姿を確認したくて必死に瞼を持ち上げれば、ベッドに腰掛けてこちらに背中を向ける彼が映った。

殺気を纏った美しい獣が私を見ているのに、今はただ愛おしさしか感じない。

数秒して千隼さんと目が合うと、彼に柔らかい笑みを向けられた。

「起きたか」

「やっぱり綺麗……」

「なんだ、まだ寝ぼけてるのか」

「そうかもしれません」

ふふっと笑えば、額にくちづけられた。

このままもう一度眠ってしまいたいところだけれど、目に入ってきた時計が二十二時を指していることに気づいてギョッとする。

「もうこんな時間……！　私、そろそろ帰らないと……」

「泊まっていけばいいだろ」

「でも、蘭子が……」

「蘭子ちゃんの許可ならもらってるよ」

「へっ？」

悪戯な笑顔を見せる千隼さんに反し、私は目を真ん丸にしてしまう。

「一晩借りてもいいかと訊いたら、『お姉ちゃんが夜勤のときはいつもひとりですから』とあっけらかんと言われたぞ。相変わらずしっかりしてるな」

感心した様子の彼は、まったく悪びれる素振りはない。

「こっ……高校生になんてこと言ってるんですか！」

「気にするな。あの子は頭がいい子だからな」

「気にします……！　もうっ！」

怒る私にも、千隼さんは余裕綽々に笑うだけ。

この家にふたりきりになれるようにしたとき同様、彼はやっぱり用意周到だった。

「帰るなんて寂しいこと言うなよ。今夜くらいは俺に鈴音の時間をくれ」

もっと全力で抗議するつもりだったのに、甘く囁かれて毒気を抜かれてしまう。

絆されるって、こういうことを言うのかもしれない。

結局、私は泊まらせてもらうことになり、千隼さんはお父様が気に入っていたという檜造りのお風呂に案内してくれた。

「一緒に入るか？」

「はっ、入りません！」

「冗談だ。今日はそこまで望まねぇよ」

〝今日は〟と強調された気がするけれど、気づかなかったことにしよう。

緊張しながらもお風呂を借り、檜の香りに包まれながら体を温めた。

お風呂から上がると、彼のシャツが用意されていた。

それを着て二階にある千隼さんの部屋に行くと、彼が髪を乾かしてくれた。

千隼さんもお風呂を済ませると、ベーコンとほうれん草の和風パスタまで振る舞われ、居間に置いてある大きなテーブルで並んで食べた。

楽しくて嬉しくて幸せだけれど、至れり尽くせりの状況に戸惑いも芽生えてくる。

「本当は外でデートできればいいんだが、今はちょっと人目につくようなことは避けたいんだ。せっかくの休みなのに、家に閉じ込めるだけで悪いな」

再び彼の部屋に戻ると、申し訳なさそうな顔をされた。

けれど、私はそんなことは気にしていない。

「千隼さんと一緒にいられるなら、場所なんてどこでも構いません。千隼さんが育った家に来られて、千隼さんのことを少しでも知れて、すごく嬉しかったですから。ただ……」

「どうした？　もしかして、パスタがまずかったか？」

「そんなことないです！　すごくおいしいですよ！　でも……こんなに色々してもら

うと、なんだか申し訳ないというか……」

「なんだ、そんなことか」

呆れ交じりの微笑が近づき、私の唇をさらりと奪った。

「俺の女になったからには、甘え方がわからないとは言わせねぇよ。もっと甘やかしてやるから覚悟しとけ」

千隼さんは、目を眇めて唇の端だけを吊り上げた。

これ以上、心を捕らえないでほしい。

そう思うのに、彼への恋情がまた大きくなっていく。

幸福感で満たされた私は、千隼さんに抱きしめられて眠りに就き、彼の腕の中で幸せな朝を迎えるのだった。

## 三　忍び寄る悪夢

春はあっという間に駆け抜け、暑さ厳しい季節がやってきた。

七月も中旬の今日は、職場に千隼さんが迎えに来てくれることになっている。

私が日勤。彼も早く帰れるとのことで、昨夜急に決まった。

蘭子は『わかった』としか言わなかったものの、引っ越してからの態度を見る限りでは、やっぱり最初の頃ほど千隼さんを嫌悪している様子はない。

蘭子のことを心配してばかりだった私だけれど、今は新塚さんがいてくれる。

彼が蘭子の学校やバイトの先への送迎をしてくれているため、それだけで安心感が違った。

そして私にも、付き添いのような人ができた。

楠さんを含め、三人の男性が通勤の際に送迎してくれているのだ。

これも千隼さんが決めたこと。

忙しい彼に代わって、楠さんが四割程度、残りを他の男性ふたりが分担している。

新塚さんと違って口数が少ない楠さんとは、あまり会話が弾んだりはしない。

楠さんに対してはまだ気まずさがあるけれど、ふたりの男性は鳳家に住んでいる人だから和気藹々と話せるのはありがたい。

それに、千隼さんから命じられているとはいえ、三人とも私のために動いてくれている。

千隼さんや新塚さんにはもちろん、三人に対しても感謝の気持ちは尽きなかった。

仕事を終えて迎えに来てくれた千隼さんと向かったのは、都内にある料亭だった。

「個室だから気兼ねしなくていい」

十畳ほどの和室には、艶やかな黒いテーブルが置かれている。

彼と対面同士に座ってノンアルコールのドリンクをお願いしたあとは、すぐに先付が運ばれてきた。

涼しげなガラスの器に盛られたのは、蒸したアワビ。鱧から出汁を取ったジュレが添えられ、しその実が飾られていた。

ここは、京懐石が楽しめるお店らしく、中でも鱧の料理が絶品なのだとか。

「気に入ったものがあれば追加で持ってこさせる。なんでも遠慮なく言えよ」

「そんなに食べられませんよ。でも、どれも本当においしいです」

ナスの田楽や湯葉の椀物、鱧の出汁で作られた茶わん蒸しに鱧の天ぷらなど、料理が次から次へと運ばれてくる。

どれもおいしくて、食べ切れないと思いながらも箸が止まらなかった。

他愛のない話をしながらも千隼さんの様子を窺う私がいるのは、ずっと訊けずにいたことを今日こそ切り出そうと決めているから。

けれど、なかなか言えないまま、デザートのフルーツが運ばれてきてしまった。

「鈴音、なにか訊きたいことがあるんじゃないか？」

「え？」

「ずっと俺の様子を見てただろ。遠慮しなくていいから話してみろ」

相変わらず、彼は察しがいい。

「あの……訊かない方がいいと思ってたんですけど、私と蘭子が引っ越さなきゃいけなかった理由を、そろそろ教えてもらいたいなって……」

話の内容もわかっていたようで、私が本題に触れても表情も変えなかった。

「最初は千隼さんが話してくれるまで待つつもりだったんですが、一か月ほど前からは外出時に護衛までつくようになったので……。きっと、引っ越した頃よりも状況が悪化してるってことですよね……？」

控えめに、けれどしっかりと核心を突けば、千隼さんが小さく頷く。

「本音を言えば、できれば鈴音には詳しい事情を話す前に解決したかった。危険な目に遭わせないためにも、理由を知らない方がいいこともあるからな」

彼は悩むように眉を寄せながらも、意を決した雰囲気もあった。

「俺がオヤジ……鳳巌と養子縁組したことは話しただろ。オヤジとしては、恐らくその頃から俺を若頭に据えることを考えてたんだと思う。だが、俺よりも長く組にいた組員はたくさんいたし、当然俺の扱いをおもしろくないと考える奴はいた」

どう反応すればいいのかわからないなりに、相槌を打つように耳を傾ける。

「その筆頭にいたのが、舎弟頭の皆藤という男だ」

千隼さんは、その皆藤について語ってくれた。

野心家でヤクザらしいヤクザであり、生粋の武闘派だったこと。

自らの欲のために法に触れることに手を染め、危険な橋を渡っていたこと。

皆藤の目論見を、組長の意向で千隼さんが止めたこと。

そして、組長の遺言通りに組を解散させた千隼さんへの恨みを今でも募らせ、皆藤の息のかかった者が千隼さんを刺したこと――。

「そんな……。そんなの、ただの逆恨みじゃないですか！」

恐らくかいつまんでいるのだろうけれど、聞けば聞くほど納得できなかった。

「まあそうだな。だが、一般常識が通じないのがヤクザの世界なんだ」

千隼さんが極道の世界にいたことは、今まであまり見えていなかった。

けれど、それは彼自身が見せないようにしてくれていたからだろう。

刺青や千隼さんを取り巻く人たちには最初こそ戸惑ったけれど、一緒にいれば彼を含めてみんな温かくて優しい人だとわかる。

そのせいか、私にとってはどこか遠い世界の出来事のままだったのだ。

「皆藤は武闘派なのもあるが、お世辞にも頭がいいとは言えない奴だ。回りくどいやり方を嫌うから、いい加減に尻尾を出してくれてもよさそうなんだが……不思議なほど居場所が掴めなくてな」

「でも、護衛がきちんとつくようになった一か月前からは、なにかが変わったってことですよね……」

「ああ。ちょうどその頃に一度だけ皆藤の姿が確認できた。……が、また姿をくらましてる。ただ、皆藤と関係がありそうな奴らの足取りは掴めてきたんだ」

疑問が解消されていくにつれて、不安と恐怖が芽生えてくる。

「あのマンションにいれば、仮に宅配業者なんかに装っても立ち入ることはできないが、さすがに外に出るとそうはいかないからな。それに、マンションに移ってもらったときと違って、たぶんもう俺と鈴音の関係まで知られてる」

つまりは、私が皆藤に狙われる可能性があるということだろう。

「あの……蘭子が狙われることって……」

千隼さんを真っ直ぐ見つめると、彼は覚悟を決めたように息を吐いた。

「可能性がないとは言い切れないが、だとしても先に鈴音に目をつけるはずだ。もし人質を取るとしても、人数が多いとデメリットも増えるからな」

安心はできないし、怖くないなんて思えない。

それでも、自分自身よりも蘭子のことの方が気になって仕方がなかった。

「悪い……。事実を知れば、不安にさせるとわかってた。だが、今日の鈴音の顔を見て、中途半端に隠し続ける方が不安にさせるかと思ったんだ……」

「わかってます。だから、千隼さんはなにも言わずにいてくれたんですよね。理由がわからないのも不安でしたが、こんな話を聞いたら誰だって怖くなりますから……」

知れてよかった。けれど、知ったからこその不安も芽生えてしまった。

「鈴音」

そんな私の心の中を読んだのか、千隼さんが立ち上がって私の隣にやってくる。

彼は肩がくっつきそうなほど近くで腰を下ろし、私の瞳を真っ直ぐに見つめた。

「今のところなんの危害もないが、油断できないのは事実だ」

厳しい声が現実を現している。

それだけ、千隼さんの中には危惧していることがあるのだろう。

「だが、鈴音は必ず守る。もちろん、蘭子ちゃんのこともだ」

不安を完全には拭えないけれど、私には彼を信じていることしかできない。

ただ、ひとつだけ心配なことがあった。

「千隼さんは……大丈夫ですか？」

私の問いかけに、千隼さんが一瞬だけ目を見開き、すぐに困り顔で微笑んだ。

千隼さんを刺したのは皆藤の息がかかった人物だった、と彼は言った。

今も狙われているということは、危険なのは間違いないはず。

「ああ、心配しなくていい。自分の身くらい自分で守れるさ」

「……絶対に無茶はしないでくださいね？　また刺されて大怪我でもしたら……」

「だったら、また鈴音に担当してもらえるといいな。そしたら、仕事に追われずにしばらくは一緒に過ごせる」

「なに言ってるんですか！　そんな冗談を言ってる場合じゃ……！」

真剣に怒る私に、千隼さんが苦笑を零す。

「悪い。余計に不安にさせたか」

そこでようやく、彼なりに私の不安を解してくれようとしていたのだと気づいた。

「タチの悪い冗談は嫌いです……」

それでも、泣きそうになりながら言い返せば、「ごめん」と返ってきた。

「鈴音がいるのに無茶なんかしないよ。俺は、鈴音をもっと幸せにしたいんだから」

大きな手が背中に回り、私をそっと抱き寄せる。

優しい温もりを感じて、ほんの少しだけ不安と恐怖心が和らいだ。

「千隼さんの体温と匂い、落ち着きます……」

「そういう可愛いことを言うな。今すぐに抱きたくなる」

「っ……！　そういうつもりで言ったんじゃ……！」

「わかってるよ」

体を離した千隼さんは、困ったように眉を下げてふっと笑った。

「だが、俺は鈴音のことが好きで仕方ないんだ。鈴音のなにげない一言でも、簡単に心を揺さぶられるくらいにな」

力強い双眸を緩めた彼が、瞳で私を好きだと語る。

自然と重なった唇からも、そんな想いが伝わってくるようだった。

＊＊＊

私の不安を余所に、日常はゆったりと流れていく。

八月も中旬を迎えたけれど、蘭子も私も至って平和な日々を送っていた。

蘭子は夏休みも図書館や学校に通って勉強を頑張り、受験に備えている。

予備校や塾に通うことを勧めた私の意見は、『お金がもったいないし、学校で先生に訊けるから充分だよ』と笑顔で跳ねのけられてしまった。

手のかからない優秀な妹をありがたく思う反面、姉として協力できることがないのは寂しくも感じる。蘭子自身は、友人たちと適度に息抜きもしているようで、バイトも『気分転換になるから』と続けている。

その分、新塚さんの拘束時間が長くなっているのが申し訳なかった。

彼は、蘭子の送迎時に目立たないように明るい茶髪だった髪をダークブラウンにして、服装もシンプルで落ち着いたものに変えてくれた。

仕事は、会社に行くこともあればリモートでこなしていることもあるらしく、新塚さんの生活はすっかり蘭子中心に回っている。

けれど、彼は嫌な顔ひとつせず、常に私たちのことを気にかけてくれていた。

千隼さんに対する尊敬の念がそうさせているとはいえ、本当に感謝しかない。

新塚さんたちのおかげで、蘭子と私の生活が守られているのだから。

キッチンでそんなことを考えていると、インターホンが鳴った。

「お疲れ様です。牛乳って、これでよかったですか?」

ドアの前にいた新塚さんが、明るい笑顔を向けてくる。

「はい。すみません、お願いしてしまって」

「これくらい全然です!」

夜勤のあと、楠さんが迎えに来てくれてスーパーに立ち寄ったのに、夕食の支度を始めてからうっかり牛乳を買い忘れてしまったことに気づいた。

そんなとき、新塚さんから電話がかかってきて『なにかいるものはありますか?』と訊かれたため、お言葉に甘えて買い物をお願いしたのだ。

「あの、今夜はグラタンなんです。蘭子の大好物なんですけど、もうすぐ千隼さんも来るので新塚さんも一緒に食べていかれませんか?」

「えっ? いや、そんな……。俺なんかがお邪魔するわけには……」

「でも、新塚さんっていつもコンビニでご飯を買われてますよね? たくさん作ったので、もし苦手じゃなければぜひ食べていってください」

困惑を見せながらも、嫌がっている様子はない。

遠慮しているのだとわかって、「人数が多い方が楽しいですし」と笑顔を向けた。

「千隼さんにはもう話してありますし、迷惑じゃなければ……」

「迷惑だなんて、そんな……。じゃあ、お言葉に甘えます。あの、手伝うこととかあれば、なんでも言ってください！」

恐縮した様子の彼に、クスクスと笑ってしまう。

「もうすぐできますから、大丈夫ですよ。蘭子は部屋で勉強してるので、みんなが揃うまでリビングでゆっくりしててください」

新塚さんをリビングに通し、アイスコーヒーを出す。

キッチンで料理を再開してすぐ、彼が落ち着かない様子でやってきた。

「すみません、やっぱりなにもしないっていうのはちょっと……。鈴音さんは千隼さんの彼女さんですし……」

「わかりました。じゃあ、サラダの盛り付けをお願いしてもいいですか？」

元気よく返事をした新塚さんと並んで、夕食の準備を進めていく。

「あ、そういえば、もう千隼さんへのプレゼントは用意しましたか？」

「え？」

「あれ、もしかして知らないんですか？　千隼さんの誕生日、明後日なんですけど」

「誕生日!?」

勢いよく彼を見れば、驚いたような顔をされる。

「えっと……知らなかったんですね。あ、でも、千隼さんってそういうのは言わない人なんで！　自分の誕生日はあんまりいい思い出がないみたいですし、そもそも俺らに対しても『もうガキじゃないんだから祝わなくていい』って言ってますから！」

いい思い出がないことに、千隼さんの生い立ちが関係しているのは明白だった。

けれど、もしそうだとしても、彼の誕生日をお祝いさせてほしい。

これから先、私は大好きな人の生まれた日に感謝を込めてお祝いしたいし、千隼さんにだって喜びを感じてほしい。

彼はただ本当に誕生日に関心がないだけかもしれないから、おこがましいのかもしれないけれど、そんな風に思った。

奇しくも、今日が夜勤明けのため、明日と明後日は休暇だ。

しかも、明々後日には夏季休暇を入れている。

同僚たちがお盆に休暇を取りたがる中、私はみんなが選ばなかった日に夏季休暇を入れることになったのだけれど、偶然にも三連休になったのだ。

これはもう、お祝いする以外に選択肢はない。

「あの……図々しいんですけど、新塚さんにお願いがあって……」

私が切り出せば、新塚さんは快く頷いてくれた。


翌日、蘭子と新塚さんと街に繰り出した私は、次々とお店を見て回った。

「なんで私があの人の誕プレ選びに付き合わなきゃいけないのよ。別にもう反対はしてないけど、だからって心から賛成してるわけじゃないんだからね」

「ごめんね。でも、千隼さんがどんなものなら喜んでくれるのかわからなくて……」

蘭子は、口で言うほど千隼さんを嫌悪していない。

昨夜の夕食のときだって和気藹々と話していたし、彼から受験のことを訊かれれば素直に答えていた。

私を心配しているからあんな風に言うだけ。

実際には、蘭子が千隼さんのことを信頼しているのもわかっている。

「お姉ちゃんが選んだものならなんでも喜ぶって」

「そうですよ！　千隼さんは鈴音さんにベタ惚れですから！」

力説されてたじろげば、蘭子が呆れたようにため息をつく。

「もう二時間も見てるんだし、服でも靴でもいいじゃん。それより、私はあと一時間したら図書館に行きたいし、お腹も空いてきたんだけど」

十五時を過ぎた今、さすがにふたりを付き合わせるのも申し訳なくなってくる。

昨夜から散々悩んでいるのにまだ買えないのだから、このままだとずっと買い物が終わらないのは目に見えていた。

結局、男性向けのブランドを取り扱うセレクトショップに行き、ネクタイとネクタイピンを選んだ。

ネクタイは黒に見えるけれど、チャコールグレーが混ざったチェック柄。ピンは、シンプルなシルバーのものにブランドのロゴが刻まれている。

私が足を踏み入れることがないお店だけれど、最高級ブランドとまではいかない。

千隼さんなら似合うに違いないとは思うものの、こんなもので本当に喜んでもらえるのか不安だった。

その後、蘭子と新塚さんにお礼としてお茶をご馳走し、新塚さんから連絡を受けた楠さんが私を迎えに来てくれた。

「買い物はできましたか？」

「は、はい。一応、お仕事で使っていただけるようにネクタイとネクタイピンにしたんですけど……。ただ、超高級ブランドってわけじゃないので……」

まだ楠さんが相手だと緊張してしまう私は、戸惑いながらも答えを返す。

「あなたが差し上げるものなら、社長はなんでも喜びますよ」

ルームミラー越しに微笑む彼は、穏やかな顔つきだった。

楠さんとは雑談をすることがほとんどないため、そんな表情を見せられたことに驚きを隠せない。

後部座席から見る彼が、いつもよりもずっと優しげに感じた。

「ありがとうございます」

ただ、これまで必要以上に会話を交わさなかった楠さんだからこそ、かけられた言葉が嬉しくて、『なんでも喜びますよ』と言われたことで安堵感も覚える。

千隼さんの笑顔が脳裏に過ったとき、スマホが鳴った。

「社長でしょう」

「え？　あ、はい。よくわかりましたね」

楠さんは「長い付き合いですから」と零し、対応するように促してくれた。

「もしもし？」

『買い物は楽しんだか？』

スマホ越しに聞こえてくる穏やかな声色に、自然と笑みが零れる。

千隼さんのプレゼントを買いに来たことは、彼には秘密にしてもらっていた。

だから、種明かしをしたらどんな反応を見せてくれるんだろう、とワクワクする。

「はい。なんとかいいなと思うものは買えました。それで、千隼さんにお願いがあるんですけど」

『珍しいな。だが、鈴音のお願いならなんでも聞いてやる』

「千隼さんのお誕生日をお祝いさせてください」

『……知ってたのか』

電話口の声がわずかに弾む。

「昨日、新塚さんから教えてもらったんです。できれば明日会えませんか？　私は休みなので、千隼さんの都合がいい時間があれば……」

『ああ、もちろんだ。夜なら時間が取れるからそれでいいか？』

千隼さんの雰囲気から嫌がられてはいないのだと察し、またひとつ心配事が減ったことにホッとした。

「はい。千隼さんが連れて行ってくれるようなお店は難しいですが、素敵なレストランを探してみますね」

彼と付き合ってからは何度か外食しているけれど、エスコートしてくれるのはいつも料亭や高級レストランといった場所ばかり。

同じようにはできないものの、少しでも千隼さんに喜んでもらいたい。

『店じゃなくて鈴音の手料理がいい。ダメか？』

「いえ、それは構いませんけど……。そんなものでいいんですか？」

意外なお願いに戸惑ってしまう。

回数は多くないとはいえ、彼は何度か私の手料理を食べている。

誕生日なのにそれでいいのかとためらうと、電話越しにクスッと笑う声が響いた。

『好きな女の手料理を食べられるなんて贅沢なことだろ』

きっと、他意のない素直な言葉。

だからこそ、そんな風に言ってもらえることも千隼さんの想いも、とても嬉しい。

「あんまり期待しないでくださいね？　あ、リクエストはありますか？」

『いや、メニューは鈴音に任せる。だが、期待はするよ。ちなみに、俺にとって一番のご馳走は鈴音だ』

「ッ……！　も、もうっ！」

『鈴音の顔が見られないのが残念だな。きっと、頬を真っ赤にして可愛いだろうに』

頬が熱くなる。

恥ずかしげもなく甘い言葉を吐く千隼さんに、今日も翻弄されてしまう。

羞恥でいっぱいだったのに、楽しげな様子の彼に胸が高鳴ってドキドキしていた。

『じゃあ、また明日の夜に。楽しみにしてる』

私が鳳家に行かせてもらうことに決まり、千隼さんに「また明日」と返して通話を終えた。

(うーん……明日はなに作ろうかな?)

フレンチなんてリクエストされても作れないけれど、なんでもいいというのも別の意味で困る。

「あ、楠さん。帰る前にスーパーに寄っていただけますか?」

「社長の好物をお教えしましょうか」

千隼さんと私の電話の内容を察したらしく、楠さんが小さく笑う。

今日の楠さんは、やっぱりこれまでよりもずっと話しやすい。

「じゃあ、お願いできますか。できれば、あまり難しくないもので……」

笑顔を返せば、彼が「わかりました」と頷いた。

「でも、ご心配なさらずに。社長はあなたの手料理ならなんでも喜んで召し上がるでしょうから。なんせ、あの人はあなたにベタ惚れですし」

楠さんの言葉に、なんだか恥ずかしくなる。

「あ、えっと……せっかくなので、みなさんでお祝いしませんか？」

「そんなことしたら、俺たちは社長に恨まれますよ。あいつらだって社長の邪魔をする気はないでしょうし。まあ、お祝いはしたいでしょうけどね」

「千隼さんはみなさんに慕われてるんですね。楠さんや新塚さんもですが、鳳家にいる人たちも千隼さんをすごく尊敬してるようでした」

「そうでしょうね。あいつらは、千隼さんに拾ってもらった恩を感じてますから」

今日の彼は、やっぱりいつもよりも饒舌で、口調も優しい。

「あの人は道を踏み外しそうな若い奴がいると、すぐに拾ってきてはうちで雇おうとするんです。組長に拾われた昔の自分と重なるんでしょうね」

楠さんの口から語られる千隼さんは、とても温かい人だというのが伝わってくる。

「きっと、お父様の意志を継ぎたいんじゃないんでしょうか」

「……そうかもしれません」

ルームミラーから視線を外した楠さんの表情はきちんと見えないけれど、なんとなく笑みを浮かべているのはわかる。

「やっぱり、みなさんでお祝いしましょう。私がそうしたいんです」

「ありがとうございます。きっと、あいつらも喜びます。社長には『気を利かせろ』と怒られそうですが」

穏やかな声につられて微笑み、明日に思いを馳せて心が躍ってしまう。

その直後――。

「きゃあぁぁっ……！」

轟音が響き、激しい衝撃が走った。

シートベルトをしていたにもかかわらず、体ごと後部座席の窓で頭を強打する。

脳が揺れるような衝撃と激しい痛みを感じて頭の左側を押さえれば、右側で窓ガラスが割れる音がした。

「鈴音さ――ぐっ！」

楠さんの声が聞こえたのと私が顔を上げたのは、たぶん同時くらいだった。

けれど、彼の姿を見る前に布のようなもので口元を塞がれ、私はなんの状況もわからない中で意識が遠のいていくのを感じた――。

## 四　逆鱗　Side Chihaya

八月も半分が過ぎ、猛暑日が続いていた。

今朝も茹だるような暑さの中で出社し、静かな社長室から窓の外を眺める。

「失礼します」

すぐに志熊がやってきて確認のために今日の予定を告げたあと、皆藤の足取りが依然掴めないということを報告された。

「今の皆藤は、俺が知ってるあいつとはまるで別人だな」

「ええ、そうですね。やり方がまるでインテリヤクザのようで気味が悪い」

相変わらず静かなままの皆藤は、今どこにいるのか、なにを企んでいるのか。

俺を狙っているはずなのに姿を見せないことに、異様な気味の悪さを感じていた。

皆藤は、短気で気性が荒く、根っからのヤクザ気質の男である。

犬で言えば『待て』もできないほど血の気が多く、喧嘩や抗争とあれば先陣を切って出ていき、相手を再起不能にするような冷酷な人間だった。

そのため、あのオヤジですらも亡くなる前には随分と手を焼いていた。

にもかかわらず、年末に若いチンピラを使って仕掛けてきただけで、それ以降は尻尾が掴めない。

(本当に気味が悪いな)

鳳組が関係していたシマであれば、たいていの情報は容易く手に入る。

極道の世界から足を洗ったとはいえ、当時のツテはまだ残っているし、そこから情報を得ることもできる。

ところが、皆藤のことだけは一向に掴めず、嫌な予感がずっと付き纏っている。

俺が被害を受けるのは構わないが、万が一にも鈴音や蘭子ちゃんに悪意が向くことがあれば……と考えるだけでゾッとした。

『大事なもんを手に入れると強くなれるが弱くもなる。大事なもんを守るために強くなり、そして失う怖さを想像して弱くなる』

生前、オヤジがお気に入りの日本酒を飲みながらそんな風に話していたことを、今になって鮮明に思い出す。

酔えば決まってそう言っていたオヤジの言葉を、俺はいつも苦笑いで聞いていた。

オヤジにも、今の俺のように深く想うほどの相手がいたのだろうか。

あのときは『守りたいなら強くなればいい。失わないようにすればいいだけだ』など返したが、オヤジの言葉の本当の意味をようやく理解した。

「皆藤がここまで静かなのには、きっとなにか意味があるんでしょう」

「それは間違いないだろうな」

「十年経っていきなり存在を見せたかと思えば、また大人しくなるなんておかしいですからね。以前までのあいつなら、最初から自分で社長を狙うでしょう」

「ああ。俺たちが知ってるあいつなら、真っ先に自ら俺を襲いに来るはずだ」

「社長を刺した男たちは組員ですらなかったようですし」

「あれは様子見もあったんだろう。ヤンキー上がりみたいなガキを使ったくらいで、俺をやれるとは思ってないはずだ」

「どちらにせよ、俺たちがやることは変わりません。皆藤を探し出し、今度こそケジメをつけさせるべきです」

「ああ、そうだな」

小さく頷けば、志熊が気を取り直したように書類を差し出した。

「契約書はできてます。俺は今日、社内で待機してますので、社長には他の社員が同行します。ですが、なにかあればいつでも連絡ください」

眉をひそめると、志熊がなにか言いたげに俺を見る。

今日が休みの鈴音は、蘭子ちゃんと買い物に行くらしく、要太が同行している。

その後、図書館に寄ってからバイトに行く蘭子ちゃんには要太が付き添うため、鈴音が帰宅するときの迎えは志熊が請け負うことになった。

昨夜、夕食を食べていたときに鈴音から『出掛けたいんです』と言われたときには、どうして今日なんだ……と思わずにはいられなかった。

せめて別の日にしてくれれば俺が同行できるものの、今日は取引先との契約日。

都内の一角にあるビルの売却が決まっており、十三億ほどの利益になる。

相手の会社とは起業した頃からの付き合いで、これまでにも随分と世話になっているため、俺が顔を出すことが決まっていたのだ。

「なんで一番鈴音に会いたい俺が会えないんだ」

「若が行かなきゃならん仕事だからでしょうが」

「そんなことわかってる。だが、嫌なものは嫌なんだ。俺だって鈴音と出掛けたい」

「子どもみたいなこと言わないでください。社員たちが若のそんな姿を見たら、がっかりしますよ」

俺を説教するようなときは、志熊は決まって『若』と呼んでくる。

もっとも、それも俺とふたりきりの場合や要太がいるときだけではあるけれど。

「だから、お前にしか言ってないだろ」

頬杖をついて不機嫌さを隠さない俺に、志熊が呆れたように嘆息する。

「……若が女にここまでメロメロだと知ったら、オヤジは驚くでしょうね」

「うるせぇよ」

志熊を睨みつつも、そうだろうな、と心の中で自嘲交じりに共感してしまう。

オヤジは、きっと豪快に笑い、俺を散々からかうに違いない。

（だが、誰よりも喜ぶんだろうな）

鈴音との関係は、思っていたよりもずっと順調だ。

その最たる理由は、蘭子ちゃんが少しずつ俺を認めてくれているからだろう。

鈴音のたったひとりの家族であり、彼女が大切にしている妹だからこそ、蘭子ちゃんに鈴音との関係を受け入れてもらえつつあることに安堵していた。

俺自身も、蘭子ちゃんのことを妹のように思い始めている。

（まだ俺を見る目が厳しいときもあるが、どうせ認めてもらうまでは長期戦のつもりだったしな。それに、俺は鈴音と一緒にいられるのなら、なんだってする）

相変わらず可愛すぎる鈴音にはどうしてくれようか……と思わされてばかりだが、彼女は徐々に甘えてくれるようになり、幸せを感じている。

出会ったときのように凛とした表情もときおり見せるが、俺といるときにはリラックスしてくれるようにもなって、気を抜いた素の表情を見られるのが嬉しい。

もちろん、照れた顔や拗ねた表情、少し怒った顔つきにも翻弄させられる。

笑顔はもちろんのこと、どんなときの鈴音も可愛くて仕方がないのだ。

彼女のことを考えれば考えるほど、会いたくてたまらなくなる。

ひとまず、無事に契約を交わせたら鈴音に電話をしようと決め、志態と今日の段取りを再確認した。


取引先との契約は滞りなく進み、双方の希望に沿う形で円満に締結した。

常に社員たちやその家族を守らなければいけないというプレッシャーを抱える中、こうして無事に契約を交わせるたびに密かに安堵する。

今いる社員たちを守るのは当然だが、鳳家に住んでいる者たちも守るためにはまだまだ大きな仕事をこなしていかなければいけないのだ。

鳳家にいる奴らは、十代後半から二十代前半の若い人間ばかり。

鳳組の組員の子どもや、鳳組が管理する金融会社で借金をしていた親からネグレクトを受けていたような者ばかりで、揃いも揃って学歴がない。

今は総務部に所属させて雑務を任せているが、希望者にはせめて高卒認定——高等学校卒業程度認定試験くらいの学歴はつけさせてやりたかった。

全員の学費の面倒を見るわけにはいかないが、会社から無利子で貸し付けをするなど、仮に大学進学を目指す者がいてもいいように様々な手立てを考えている。

俺がやっているのはオヤジの真似事でしかない。

けれど、オヤジなら鳳組の関係者だった行き場のない子どもたちを見れば、こんな風に少しでも手を貸しただろうと思う。

だからこそ、俺は社長として会社を守らなければいけない。


会社に戻ると、そのまま溜まっていた業務をこなした。

夕方になってようやく昼食を摂る時間を確保でき、コンビニのサンドイッチを片手にスマホを操作する。

鈴音に電話をかけると、あまり言葉も交わさないうちから『千隼さんのお誕生日をお祝いさせてください』と言われ、一気に高揚感に包まれた。

平静を装って「知ってたのか」なんて返したが、心の中には小躍りしたくなるほど喜びに満ちた俺がいる。

あんな母親に育てられたせいで、誕生日にはいい思い出はなかった。

俺が小学生になる頃にはあまり家に寄りつかなくなった母親は、俺の誕生日を祝ったことなど一度もない。

物心ついたときから、自分は愛されていないのだ……と自覚できる程度には母親から関心を持たれていなかった。

飢えを凌ぐために味噌を舐めたこともあれば、生米を食べたこともある。

炊飯器の使い方を覚えてからは、白米にマヨネーズや味噌をかけて食べた。

誕生日には、白米にケチャップを混ぜてピザ用のチーズを載せたこともあるが、テレビで観たことがあるドリアとは似ても似つかなかった。

だからこそ、誕生日は嫌いだったし、自分からその件に触れることもなかった。

ところが、あれから幾年もの月日が流れた今、誕生日を祝ってもらえることを喜んでいる。

相手が大切な恋人だからこそ嬉しい、というのは大前提だ。

だが、自分の誕生日のことでこんな気持ちになれるなんて考えたこともなかった。

今まではただ誕生日に関心がないだけだったが、鈴音が一緒に過ごしてくれるのなら明日が待ち遠しく思える。

（要太が話したみたいだが、近いうちに肉か鮨でも食わせてやるか）

明日は、彼女が一足先に鳳家に行き、夕食の支度をしてくれることになった。

社員たちにはまたホテルを押さえ、ふたりきりの夜を過ごそう。

（鈴音は、明後日は確か日勤だったよな？　朝は病院まで送ってやればいいし、明日は少しでも早く帰れるようにして、夕食を食べたら一緒に風呂に入るのもいいな）

俺の服を着させて髪を丁寧に乾かしてやり、そのあとはベッドに移動して時間が許す限り抱きたい。

（……節操がないな。まるでガキじゃないか）

自身の思考に、嘲笑が漏れる。

女性に対してこんな風に思ったことなどない。

ところが、鈴音が相手だと普通の男になったように感じてしまう。

それが錯覚であっても、彼女との時間だけが心を癒やしてくれた。

明日の八月十七日は、きっと人生で一番幸せな誕生日になるだろう。

まさか、三十七回目の誕生日にしてこうなるとは思ってもみなかった。

それなのに、今は嬉しくて楽しみで仕方がない。

自分のどこからこんな甘い声とセリフが出るのかとおかしくなりながら、「楽しみにしてる」と伝えて電話を切る。

その後も頬が緩みそうになり、気を引き締めるがごとく息を吐いた。

（こんな気持ちにさせられる日が来るとは思わなかったな）

くすぐったいような、戸惑うような。そんな気持ちが、俺の中に芽生える。

身の置き場がないような感覚に包まれながら視線を遣った窓の向こうには、執拗なほどの鈍色の空が広がっていた。

今朝はよく晴れていたのに、憂鬱を呼ぶような曇天に変わった空が鬱陶しい。

さきほどまでは幸福感でいっぱいだったが、急に胸騒ぎを覚えた。

ただの気のせいだ……と考えたい。

しかし、俺は昔からこういう勘は鋭く、過去にも直感が働いて命拾いしたことが何度かあったため、どうしても落ち着かない。

ざわつく胸の内をごまかすように業務をこなしていくが、パソコンと向かい合っていてもどうにも集中できなかった。

仕方なく、念のために志態に連絡を入れようとしたとき、まるで俺の予感を嘲笑うようなタイミングでスマホが鳴った。

「どうした？」

『すみません、若っ！　鈴音さんがさらわれました！』

志熊の声が響いた瞬間、脳裏に皆藤の顔が過った。

『顔は確認できませんでしたが、相手は恐らく男が三人。襲われた場所は――』

珍しく冷静さを欠いた様子の志熊が、それでも必要な情報を伝えてくる。

襲撃された場所、タイミング、おおよその時間。

志熊は殴られて気を失っていたようだが、俺が鈴音との電話を終えてすぐに襲撃されたのであれば、意識がなかったのは短時間だろう。

俺は通話したまま社長室を飛び出し、地下駐車場に置いてある車に乗り込んだ。

タブレット端末を操作し、鈴音のスマホのＧＰＳを起動する。

俺の家に引っ越した頃、彼女に許可を得て姉妹のスマホの位置情報を共有できるようにしてもらったが、できれば使わずに済むことを祈っていた。

「クソッ！」

苛立つ俺を余所に、タブレットに鈴音の位置情報が表示されることはない。

恐らく、スマホの電源を切られたのだろう。

皆藤が関わっていそうな人間はすべて洗い出したが、現段階では奴がどこにいるのかは見当もつかない。

タブレットを助手席に放り投げ、すぐに要太に電話をかけた。

『はい、どうしましたか？』

「蘭子ちゃんはどうしてる？」

『今、図書館に着いたところです。借りる本を探してるみたいなんで、俺は蘭子さんが見える位置で待機してます』

「そうか。要太、よく聞け。鈴音がさらわれた」

『えっ!?』

驚嘆の声が電話口で響いたが、要太は即座に動揺を抑えるように息を吐いた。

『そ、それで……鈴音さんは今どこに？』

「わからないが、こっちのことはいい。お前は蘭子ちゃんだけを見てろ」

『それはもちろんです』

「すぐにふたりほどそっちに寄越すから、なにがあっても絶対に彼女から目を離すなよ。とにかく人目につくところにいろ」

『は、はい！　でも、蘭子さんはこれからバイトなんですが……』

「わかってる」

志熊は、三人組の男に襲われたと言っていた。

状況的に見れば、要太たちと別れてから車を襲撃されるまではそう時間は経っていないに違いない。

恐らく、鈴音を狙いやすいタイミングを待っていたのだろう。

つまり、奴らに蘭子ちゃんを連れ去る指示は出されていないはずだ。

『どうしましょうか』

「いいか、要太。まず、蘭子ちゃんには鈴音がさらわれたことは言うな」

『えっ？　黙ってるんですか？』

「ああ。不安を煽って無茶をされれば、なにがあるかわからないからな」

『わかりました』

「バイトも行かせて構わない。だが、今日は店内で待機してろ」

普段なら、蘭子ちゃんのバイト中は、彼女のバイト先の目の前にあるファミレスで待つようにさせている。

彼女のバイト先はスーパーのため、店内に要太がずっといると目立つからだ。

『店内っすか……』

「常に中にいる必要はないが、あとで行かせる奴らと交代で見張れ。店内に小さなイートインスペースがあるから、そこでスマホでも弄ってるふりしてろ」

『はい』

「なにがあっても目を離すな。いいな？」

『了解です！』

「頼んだぞ。また連絡する」

電話を終えたあと、元組員の社員ふたりにすぐに図書館に向かうように告げる。

事情は要太から聞くように伝えたが、状況は察したようだった。

ひとまず、蘭子ちゃんの方は心配ないだろう。

問題は鈴音だが、相変わらず彼女の位置情報は取得できなかった。

あれほど警戒していたのに、一番大切なものに手を出されたなんてザマはない。

自分への怒りや鈴音をさらわれたことへの不甲斐なさと同時に、言いようのない憤怒や殺意が腹の底から沸き起こる。

（……落ち着け！　皆藤の狙いは間違いなく俺のはずだ。だとすれば、必ず奴から連絡がある）

深呼吸をしたとき、再びスマホが鳴った。

ディスプレイに表示されたのは、【非通知設定】の文字。

それが目につくが早く通話ボタンをタップし、スマホを耳に押し当てる。

『よう、千隼』

「……っ、皆藤!!」

奥歯が痛くなるほどきつく噛みしめ、怒りに満ちた声を絞り出す。

『俺の声、忘れてねぇみてぇだな。番号が変わってなくてよかったぜ』

「鈴音はどこだ!」

『おいおい、十年ぶりの会話がいきなりそれかよ』

「いいから言え!」

『いつも冷静だったお前がそんなに怒るとは、この女によっぽどご執心みてぇだな』

下卑た笑い声に、嫌悪感と怒りが全身に渦巻いていく。

『美人だが、寝顔は無垢で可愛らしいじゃねぇか。体の方も悪くなさそうだ。なあ、千隼……どうなんだ?』

「お前が用があるのは俺だろ!」

『ああ、そうだ。十年前の恨み、晴らさせてくれや』

「だったら居場所を教えろ!」

『そんなもん、てめぇで見つけな』

「てめぇ……!」

『それまでに女が無事だといいな』

煙に巻くような声音が、鼓膜に纏わりつく。

『早く来いよ、千隼。あのときみたいにサシで殺《や》り合おうぜ』

皆藤は低く唸るように言うと、ゲラゲラと笑って一方的に電話を切った。

周囲の音や皆藤の場所が特定できるような情報はなかったが、奴ははっきりと『十年前の恨み』と『あのときみたいに』と口にした。

それなら、皆藤は〝因縁の場所〟にいるのだろう。

俺の逆鱗に触れたことを後悔させてやる――。

そう思ったときには、体中に怒髪天を突くような熱が巡っていた。

# 四章　甘やかな激情

## 一　恐怖の中で芽生えた覚悟

頭が重くて痛い。

思考がぼんやりとしていて、夢か現実かわからない。

熱が出たときみたいで、けれどそれよりもずっと気分が悪い。

体は横になっているはずなのに脳がクラクラと揺れていて、眉をひそめながらうっすらと瞼を開けた。

「……おう、起きたかい」

聞き覚えのない低い声に、肩がわずかに跳ねて全身が強張る。

まだ視界がぼやけていて、状況を把握できない。

けれど、大きく脈打つ鼓動が危険だと訴えてくるようだった。

（これは……現実？）

疑問はすぐに確信に変わり、心臓が痛いほどに暴れ出す。

直後、千隼さんから聞いていた〝皆藤〟という名前が脳裏に過った。

ぼんやりとしていた意識が、徐々にはっきりと覚醒していく。

(私……楠さんに送ってもらう途中で……)

まだしっかりと開かない目をわずかに動かしてみたけれど、楠さんが傍にいる気配はなかった。

彼は無事だろうか……なんて考える余裕があったのは、自分の状況を把握し切れていないせいかもしれない。

なにも答えられない中、少し離れた場所に十人ほどの男たちの姿が見えた。

その中心には、古びた木箱に座っている体格のいい男がいる。

四角い輪郭に、整えられた顎鬚。

白髪交じりの短髪は、後ろに撫でつけるようにセットされている。

年齢は五十代前半といったところだろう。

薄暗い場所にいても浅黒く日焼けしたことがわかる顔の右頬には、大きな刺傷痕のようなものが一本あった。

周囲は雑然としていて、なんとなく倉庫のような場所なのだと察する。

「なんだ、まだ薬が抜けてねぇのか」

見える範囲に楠さんの姿はなく、自分だけがさらわれたのかもしれない……と感じた直後、正面から苛立ちいっぱいの舌打ちが聞こえてきた。

「おい！　程々にしろって言っておいただろうがよ！」

不機嫌な声が聞こえるや否や、鈍い音が響く。

刹那、「グッ……」と呻き声が聞こえ、ひとりの男が倒れた。

目の前の光景が現実だと信じられない中でも、途端に大きくなった恐怖心が私の体を震わせた。

「すぐに話せるようにしておけって言ったよなぁ？」

「す、すみません！」

「立てや！」

怒鳴る男は、私と同年代くらいの男が立ち上がると再び殴り、倒れ込んだところを蹴り上げる。

「俺は仕事ができねぇ奴が死ぬほど嫌いなんだよ！」

「すみませっ……！　やめ……っ！」

「てめぇの仕事くらいまともにこなせや！」

呻き声が何度も響いているのに、周囲にいる男たちは誰も止めようとはしない。

それどころか、自分に火の粉が降りかからないために目の前の出来事を静観しているようにも見えた。

何発も蹴る間に骨が折れたような音まで響き、恐怖心は大きくなるばかり。

殴られているのは、たぶん私をさらった男のうちのひとりだ。

はっきりとは覚えていないけれど、気を失うあの一瞬、目が合った気がする。

それをわかっていても、暴行を受ける男を放ってはおけなかった。

「ぁ……あのっ……！」

発した声は掠れ、思っていたよりもずっと弱々しかった。

けれど、倒れている男の胸ぐらを掴んでこぶしを振り上げていた男は、手を止めて私を見た。

「おう、嬢ちゃん。話せるかい」

いやらしい笑顔に嫌悪感が湧き、背筋がゾクッと粟立つ。

「は、はい……」

それでも、なんとか小さく頷いてみせた。

「そうか。そりゃあよかった」

満足げな男の表情は、つい今まで人を殴っていたとは思えない。

部下らしき男から差し出されたハンカチで手についた血を鬱陶しそうに拭く姿は、まるで呼吸をするように自然な振る舞いに感じられた。

これが日常茶飯事なんだろう……と察するには、充分なものだった。

「はじめまして、嬢ちゃん。俺は皆藤だ」

私が倒れている男を見れば、皆藤がハハッと笑う。

「ああ、気にせんでくれ。俺らの世界じゃ、これくらい普通のことだ。あんたも看護師なら、この程度の怪我人は見慣れたもんだろ？」

その顔つきに恐怖心はますます膨らみ、喉が渇いていく。

「それより、あんたの男について話そうや」

身が竦み、横たえたままの体を後ろに這わそうとしたけれど、両手を縛られていることに気づく。

為す術がないまま、目の前に座った皆藤を見ることしかできなかった。

「へぇ……。俺を真っ直ぐ見れるとはたいしたもんだ。あの猛獣みてぇな千隼が気に入るだけはあるな」

恐怖をごまかすように唇を噛みしめ、か細く深呼吸をする。

停止しそうな思考を必死に動かし、なんとか逃げられないかと模索した。

「ああ、逃げようなんて考えねぇ方がいいぞ。ここ一帯はあんたが思うより人通りがないし、物騒な場所だ。女ひとりで逃げ切れるわけがねぇからな」

考えを見透かされたことに動揺し、逃げ道を探しても無駄だと思い知らされる。

「それに、妹には手出ししてほしくねぇだろう？」

さらに投げられた脅し文句には、私を大人しくさせる威力を持っていた。

皆藤が私を使って千隼さんを陥れようとしているのは、最初からわかっていた。

千隼さんに迷惑をかけたくない。

けれど、逃げる術がどこにもない上、蘭子のことを引き合いに出されては抵抗するわけにもいかなかった。

私自身はともかく、今度こそ蘭子のことは守りたい。

中津川たちのときのようになるのだけは避けたかった。

「ちょっと昔話でもしようじゃねぇか」

独り言のように言いつつ、皆藤の目は私を見ている。

「あんたの男……俺はあいつにひどい目に遭わされた」

静かに語り始めた彼が、口元を緩めたまま目を細めた。

「資金源だったシノギを潰され、大切な場所を壊され、挙句の果てにはあいつより長く住んでた家まで追い出されたんだ」

憎々しげに、忌まわしげなものを見るかのような双眸が、私を見下ろしている。

「ある日突然やってきてオヤジに取り入ったかと思うと、俺らに隠れて養子縁組までしてやがった……。オヤジが『組を解散しろ』なんて腑抜けた遺言を残しやがったのは、千隼が鳳組に来たせいだ」

皆藤の視線の先にいるのは、きっと私じゃなくて千隼さんだ。

「しかも、オヤジは俺たちにはなにも言わず、あいつに鳳組を託しやがった！　あいつに学をつけさせてるからおかしいと思ったら、あの野郎は病床に伏した途端、ヤクザとは思えねぇほど腰抜けになりやがったんだ！」

怒りをあらわにする声にも血走ったような目にも、ただただ千隼さんへの恨みだけがこもっているのが伝わってくる。

「千隼も千隼で、あんな遺言なんて無視すりゃあいいものを……。腑抜け野郎の言葉を受け入れて、あっさり組を潰しやがった！」

千隼さんと皆藤は、同じ世界にいたとしても全然違う。

千隼さんは優しくて温もりに溢れた人で、普段の彼はヤクザだったとは思えないくらいだけれど……。極道の世界には、皆藤のような者の方が多いのかもしれない。

皆藤と会ったことで改めてそう感じ、千隼さんがどれだけ大変な思いをしてきたのかが少しだけわかった気がした。

（だって……千隼さんはお父様が大切にしてたものを守りたかっただけ……）

私には、ヤクザのことも極道の世界のこともわからない。

ただ、今の世の中で、そういった人たちが生きにくいであろうことは想像がつく。

それに、千隼さんから組長だったお父様との約束や思いを聞いた限りでは、彼もその遺志に賛同しているように見えた。

千隼さんが組を解散させたのは、組長の遺言だというのはもちろん、彼自身もこれからの時代にヤクザが生き抜くのは難しいと思ったからに違いない。

だって、鳳組は千隼さんにとっても大切な居場所だったはずだ。

それを自らの手で失くすのに、〝あっさり〟なんてことがあるはずがない。

きっと、誰にも言えないつらさや葛藤、迷いがあったんじゃないだろうか。

千隼さんは、強引で意地悪なところもあるけれど、元ヤクザだとは思えないような温もりを持っている優しい人だから……。

人知れず、悩み苦しんだに違いない。

『あの人は道を踏み外しそうな若い奴がいると、すぐに拾ってきてはうちで雇おうとするんです。組長に拾われた昔の自分と重なるんでしょうね』

楠さんの言葉に共感したのは、千隼さんの優しさを知っているから。

出会った頃には知らなかったたくさんの表情を見てきた今、彼がなにも感じずに鳳組を解散させたとは思えない。

だからこそ、千隼さんは鳳組を解散させたあと、家族同然に大切な組員を守るために会社を興し、元組員や鳳組と縁があった人たちの面倒を見ているのだ。

彼の行動は、並大抵の努力でできることじゃない。

「ひどいと思わねぇか？　なあ、嬢ちゃん」

じっとりと纏わりつくヘビのような目に、本能で恐怖を感じて身が竦む。

「ついでに言うと、この右頬の傷はあいつにつけられたんだ。この場所でな」

皆藤が抱いているのは、完全な逆恨みの情だ。

けれど、それを口にすればどうなるのかは想像したくもなかった。

「ここは俺がシノギを稼ぐのに使ってた場所だ。あいつは、ここで俺の大事なもんを台無しにして、俺のすべてだった組を壊しやがった」

後ろ手で縛られた手のひらを握れば、汗をびっしょりとかいていた。

「だからな、俺もあいつの大事なもんを壊してやりてぇんだ」

恐怖でいっぱいになっていく私を追い詰めるように、皆藤が下品な笑みを湛える。

「本当は会社の方に手を出そうとしたんだが、なかなかセキュリティが堅くてな」

私の全身を舐め回すような目つきに、これまでで一番大きな嫌悪を抱く。

なにを考えているのか語る視線を受ける体が、自然とガタガタと震え出した。

「だから、ひとまずあんたからにしようと思ったんだ」

ニヤニヤとした顔つきに、露悪的なものを感じる。

「千隼はこれまで女に入れ込むことはなかったから随分と待たされたが、これだけ可愛がってる女を放っておくことはねぇだろ」

中津川たちなんて比べ物にならないほどの威圧感は、私の心に絶望感を抱かせた。

「恨むなら、あんな男に気に入られた自分の運命を恨みな」

ふんっと鼻で笑った皆藤は、周囲にいる男たちに「おい」と声をかける。

すると、彼らが三脚に立ててあったカメラを私のすぐ傍まで動かした。

「なあ……あんたをひん剥いてボロボロにした動画を送ってやったら、あの野郎はどんな顔するか想像できるか？」

ギラギラと光を帯びた双眸が、うっとりとしたように弧を描く。

「俺は、あいつがまたこっちの世界に戻ってくるかと思うとゾクゾクするよ」

スーツを脱いだ皆藤が、ゆっくりと近づいてくる。

「自分だけお天道様の下を歩こうなんていけねぇよなぁ」

恐ろしさのあまり喉が締まって声も出せず、辛うじて動かせた体をずり下げたけれど、皆藤の一歩の方が遥かに大きい。

「あいつだって血生臭い世界で血に塗れて生きてきたくせに、なんで自分だけ綺麗な場所ですかした商売しようってんだ」

下品な笑みを深めた皆藤の手が、私の体に伸びてくる。

「俺に偉そうな態度を取ってシノギを潰したって、あいつも同じ穴の狢だったんだ。てめぇだって汚れ切ってることをとっとと思い出せばいい」

次の瞬間、皆藤が私のブラウスを引きちぎるように破き、ボタンが飛び散った。

男たちの囃し立てるようないやらしい声や口笛が響き、自分以外の誰もがこの状況を楽しんでいるのだと理解してゾッとする。

「この体を可愛がってもらってんだろ？　あいつがどれだけ躾けたか見物だな」

恐怖でいっぱいの中、脳裏に浮かんだのは千隼さんの優しい顔だった。

ときに激しく、けれどいつだって壊れ物を扱うように大切に触れてくれる彼だからこそ、心も体も許した。

千隼さん以外に素肌に触れられるなんて絶対に許容できない。

なにがあっても、彼だけのものでいたい。

そんな気持ちを抱えて息を吸った刹那、皆藤が覆い被さってきたけれど。

「触らないで！」

自分でも驚くほどの大声で叫びながら、彼を全力で蹴り上げていた。

「ッ……！」

恐らく油断していたであろう皆藤の顔が歪み、大きな体が後ろによろめく。

暴力なんて一度も振るったことはないのに、千隼さん以外の男に触れられると思うと体が勝手に動いていた。

「あなたがやってることは子どもの駄々と同じでしょう！」

怖くて怖くてたまらなかったけれど、このまま黙っていられなかった。

「千隼さんがなにも感じずに組を潰したと思う？　千隼さんはお父様や組のことを話すとき、すごく懐かしそうで……でも寂しそうにも見えた！　千隼さんにとって鳳組が大切な場所だったのは、私にだってわかる！」

気を抜けば、たぶん声が震えてしまう。

「それでも、お父様の遺言通りにしたのは組の人たちを守りたかったからよ！　そんなこともわからないの？」

本当は大人しくしている方がいいとわかっている。

けれど、千隼さんの想いや決意を土足で踏みにじるようなことを言った皆藤が、どうしても許せなかった。

「千隼さんは間違ったことはしてないし、誰よりもお父様や鳳組の人たちのことを考えてる！　あなたなんかと一緒にしないで！」

息継ぎもほとんどせずに捲し立てたせいで、呼吸が上手くできない。

そこに恐怖心も加わり、ますます息を上手く吸えなかった。

「……よく躾けられた女だな」

肩を上下させていると、皆藤がおもむろに体勢を立て直した。

「可愛い顔に免じてちょっとは優しくしてやろうと思ったが、気が変わった」

彼は獲物を射るように私を睨むと、凶悪的な笑みをうっすらと浮かべた。

「死にたくなるほど泣かせてやる」

頭の中でけたたましく鳴り響く警鐘に視界が滲み、奥歯がガチガチと震え出す。

「……っ！　わ、私に触れていいのは千隼さんだけよ！」

それでも、言葉の抵抗だけはやめなかった。

せめて最後の一瞬まで、千隼さんだけのものでいたかったから。

「その威勢、いったいいつまで続くんだろうな」

キャミソールが覗く胸元に、ごつごつとした手が伸びてくる。

きつい香水の匂いにも、顎を掴んできた手にも、恐怖と嫌悪感が増幅する。

あまりの汚らわしさに吐き気がし、思わず瞼をギュッと閉じたとき。

「皆藤っ!!」

金属をぶつけ合うような轟音が鳴り、次いで怒りに満ちた声が響き渡った。

# 二　凄絶に美しい獣

聞いたことがないほど怒りに満ちた低い声。

それなのに、私はこの声を知っている。

皆藤に組み敷かれる私の視界に映ったのは、千隼さんの姿だった。

けれど、千隼さんにはいつもの優しい笑顔はなく、ただ立っているだけなのに禍々しいほどの威圧感を纏っていた。

怖いのに、怖くない。

そんな感覚に包まれた瞬間、心の中で恐怖と安堵が混ざり合い、必死に堪えていた涙が零れた。

「鈴音……」

千隼さんが後悔と罪悪感を滲ませたように私を見つめる。

私は、彼がすぐ傍にいてくれることに安心してしまい、まだ危険な状態だと理解しながらも涙を止められなかった。

千隼さんは眉をグッと寄せると、皆藤を見てうっすらと笑みを浮かべた。

「なあ、皆藤」

その表情は、まるで獲物を嚙み殺そうとする凶悪な獣のようだった。

「お前、俺の逆鱗に触れたってわかってるか？」

私の上にいる皆藤が、ゆっくりと体を起こす。

「逆鱗か。そりゃあ好都合だな」

微笑を零した横顔は興奮を隠し切れず、千隼さんしか見ていない。

皆藤はもう、私のことなんか眼中にないようだった。

「俺も、てめぇへ恨みなら言い切れねぇほどあるんだ」

まるでこの日を待ち続けていたかのように、皆藤の目はギラギラと光っている。

「なあ、千隼。語り合うなんて俺らには似合わねぇ。ヤクザらしく殺り合おうぜ」

彼の目的はたったひとつなのだと、私にもわかった。

右手を出した皆藤に、部下の男が棒のようなものを手渡す。

それは、刀身の長い刀だった。

皆藤が鞘から抜くと、鋭い光を纏った刃が現れる。

時代劇でしか観たことがないようなものなのに、なにもわからない私が見ても本物なのだと察することができる。

そして、彼がそれを手にした意味も……。

「生温い世界で生きてやがるてめぇには、久しぶりの代物だろう？」

「そう思うか？」

嘲笑を浮かべる皆藤に、千隼さんが冷たい声を返す。

よく見ると、千隼さんの右手にも刀があった。

（嘘っ……！）

「その刀、懐かしいなぁ。オヤジが相棒のように大事にしてたもんだ」

皆藤が千隼さんの持つ刀を見遣り、憎々しげに眉をひそめる。

「俺は、その刀を譲り受けるのは自分だと信じて疑わなかった。だが、オヤジはてめぇを若頭にした日にてめぇに譲っちまった……。あのときの絶望感を忘れたことはなかったよ。俺はあの日だけで二度も屈辱を受けたんだ」

恨みと憎しみの色を帯びた目が、千隼さんを見据えた。

「脱げや、千隼。昔のようにな」

ニヤリと笑った皆藤の言葉で、千隼さんがスーツに手をかける。

千隼さんは、手慣れた様子で上質なジャケットとベスト、シャツを脱ぎ捨てた。

鍛え上げられた肉体が現れ、皆藤も同じように上半身だけ服を脱ぐ。体格のいい背中には、観音のような刺青があった。

目を開いて後ろを見据えるような観音は、異様な雰囲気と凶悪さを纏っている。

「この世界にどっぷり身を置き続けてきた俺と、腑抜けてぬるま湯に浸かっちまったてめぇ……いったいどっちが強いんだろうなぁ」

皆藤が言い終わるよりも早く、男たちが千隼さんを囲んだ。

「千隼さんっ……！」

「鈴音、心配しなくていい」

千隼さんの声が、私の耳に届く。

まるで普段通りの口調に、私は戸惑いながらも頷いてしまいそうになる。

「すぐに終わらせるから、ちょっとだけ目を瞑ってな」

いつもと変わらない優しい声音で話した彼は、私に微笑みかけると皆藤に視線を戻した。

直後、男たちが一斉に千隼さんに襲いかかった。

反射的に瞼を閉じようとして、グッと堪える。

千隼さんは、ナイフや鉄パイプを持つ男たちからの攻撃を流れるようにかわしながら、ひとりずつ対処していく。

みぞおちにこぶしを入れ、首の後ろを肘で突き、足を引っかけて蹴り上げる。鞘に収まったままの刀も使っているけれど、複数を相手にしているとは思えないくらいに華麗に振る舞っている。

あまりにも美しい動きに、背中の獣が舞い踊っているようにも見えたほど。

結局、千隼さんは刀を鞘から抜くことなく、部下の男たちを全員倒してしまった。

「相変わらずだな」

ハッと笑った皆藤は、最初からこうなることを予想していたのかもしれない。

慌てる様子も意外そうでもなく、ただ真っ直ぐに千隼さんを見据えていた。

「こいつらくらいのレベルじゃ顔色ひとつ変えねぇか」

千隼さんは、無言のまま皆藤に向かって歩を進めていく。

「だが、腕が鈍ってねぇみたいで安心したぜ！」

先に仕掛けたのは、皆藤だった。

皆藤が両手で持った刀を振りかざす。

ところが、千隼さんはするりと避けてしまい、皆藤のみぞおちにこぶしを入れてから背後を取り、右の脇腹を回し蹴りした。

「お前は昔から大振りなんだよ、皆藤」

嘲笑った千隼さんは、まるで相手にもならないと言いたげだった。

十年も前に極道の世界から身を引いたとは思えない。

そう感じさせるほどの圧倒的な強さを見せる千隼さんに反し、皆藤の顔からは余裕が消えていた。

「クソッ……！　調子に乗ってんじゃねぇぞ！」

起き上がった皆藤が、再び千隼さんを目がけて刀を振る。

けれど、その刃が千隼さんに届くことはなく、逆に鞘に納めたままの彼の刀が皆藤の首を打ち、柄で右の脇腹を突いた。

（すごい……）

私に背を向けている千隼さんの背中には、美しい獣がいる。

艶やかな銀の毛を纏い、鋭利な爪と牙を携えたその生き物は、金色に輝く瞳で今にも獲物を噛み殺そうとするほどの殺気を湛えて駆けているようだった。

その凄絶な姿に、背筋がゾクリと粟立つ。

けれど、畏怖を抱かせるような存在感なのに怖くない。

初めてあの刺青を見た日と同じように、何者にも屈しない強さを纏うそれは心を惑わすほどに美しく、彼自身がまるでこの世のものとは思えない聖獣のようだった。

暴力は怖いはず。

それなのに、千隼さんにおいては畏怖の念よりも美しさの方が勝り、恐怖心は芽生えてこない。

ただただ、呆然と見入ってしまう。

程なくして、千隼さんがボロボロになって倒れ込んだ皆藤に向かって刀を抜いた。

「っ……！」

ハッとした私は、咄嗟に口を開いたけれど、言葉が出てこない。

「なあ、皆藤。俺は、お前が今なにをしてるのかもどう生きてるのかも、別にどうでもいい」

複数の弱々しい呻き声の中、千隼さんの声が響く。

「鳳組を解散させたあとも、お前が組の名を汚すようなことをするたびに俺が尻拭いをしてきたが、それだってある程度は見過ごしてやるつもりだった」

その口調は、どこか言い聞かせるようでもあったけれど……。

「……鈴音にさえ手を出さなければな」

低く唸る獣のような声音に変わり、彼が刀を大きく振り上げた。

一瞬でお腹の奥底から突き上げてきた恐怖心に負けそうになる。

刹那、真剣の切っ先が仰向けに倒れている皆藤を目がけていることに気づき、咄嗟に体を起こしていた。

「ダメッ……！」

雑然とした倉庫内に、私の決死の声が響き渡る。

千隼さんが動きを止め、おもむろに振り向いて私を見た。

「その人と同じようにはならないで！　千隼さんは仁義を通すんでしょう？」

仁義がなにかなんて、私にはよくわからない。

けれど、ここでその刀を振り下ろしたら、彼が大切にしてきたものが壊れてしまう気がして止められずにはいられなかった。

「……敵わねぇな」

緊張感から心臓が大きく脈打っていた私に、千隼さんが微かに口元を緩める。

「鈴音の口から仁義なんて言葉が出てくるとは」

息を吐いた彼の雰囲気は、さきほどまでと違ってどこか柔らかい。

「最初からこれを使う気はなかったよ。俺はもうヤクザじゃねぇんだ」

千隼さんは瞳をたわませて息を吐くと、皆藤からゆっくりと離れた。

ボロボロの皆藤は、痛みでろくに動けないらしい。

部下たちの呻き声の中には、皆藤のものも混じっている。

千隼さんは脱ぎ捨てたジャケットを拾うと、私の傍にやってきてそれを肩にかけてくれた。

次いで、大きな手が伸びてくる。

「すまない……」

抱きしめながら零された謝罪が、鼓膜をそっと撫でた。

途端、安心感でいっぱいになった私の瞳からは再び涙が溢れ出し、千隼さんの胸元に額を預けるようにした。

縛られたままの両手が使えない代わりに、彼にギュッと顔を押し付ける。

「ごめん……。本当にすまなかった……」

優しい腕が、私を抱きしめてくれる。

強くて温かい感覚に安堵感が大きくなり、すすり泣く声が止まらなくなる。

「守るって約束したのに、危険な目に遭わせた……。怖かったよな」

千隼さんが責任を感じているのが伝わってきて、涙で濡れた顔をそっと離す。

私を見下ろす眼差しを真っ直ぐ見つめ、しっかりと首を横に振った。

「約束なら……守ってくれました」

「え？」

「だって、千隼さんはちゃんと助けに来てくれたじゃないですか」

小さく見開かれていた彼の目が、ますます丸くなる。

意表を突かれたように瞠目する姿は、さきほどまであんなにも激しく喧嘩をしていた人と同一人物だとは思えない。

それがほんの少しだけおかしかった。

千隼さんはなにも言わずに再び私を抱きしめると、まるで私の存在を確かめるようにしばらくの間そうしていた。

私はただただ、彼の温もりを噛みしめた。

程なくして、楠さんがやってきた。

彼が引き連れてきた人たちは元組員らしく、みんな慣れた様子で動いている。

「若！　鈴音さん！」

千隼さんに手の拘束を解いてもらっていたとき、血相を変えた楠さんが私たちのもとに来て頭を深々と下げた。

「申し訳ありません！」

「楠さん……」

「今回の件は俺の不手際です！　皆藤の動きがおかしいとわかってたのに、鈴音さんを守り切れませんでした……。本当に申し訳ありません！」

「楠さんのせいじゃ……」

「いえ……。若をお守りするのが俺の役目なんです。つまり、若の大事な人である鈴音さんのことも絶対に守らなければいけなかった……」

楠さんは、いつも怜悧な雰囲気で飄々としている。

けれど、今の彼の表情は罪悪感と不甲斐なさでいっぱいと言わんばかりに歪められていて、その顔を見ているだけで私の方が申し訳なくなる。

「それなのに、俺は……」

「お守りできないのなら、なんのための護衛かわかりません」

「お前だけのせいじゃない。俺の見立てが甘かったんだ」

「いえ、そんなことは……」

千隼さんも楠さんも、お互いに責任を感じているのがわかる。

こういうとき、どう伝えればいいのかわからない。

悪いのは皆藤で、あとはみんな被害者だと言えるはずなのに……。

「とにかく、この責任は鈴音さんの護衛だった俺にあります」

「おい、志熊――」

「誰も悪くないです」

もう一度頭を下げた楠さんに、千隼さんが眉を寄せ、私はそんなふたりを諫めるように口を挟む。

「確かに、皆藤のことは千隼さんも楠さんも知ってて、だからこそ警戒もしてたんだと思います。でも、あんな状況になるなんて普通は予測できません」

正直、さらわれたときのことはよく覚えていない。

車が襲撃を受けたのは思い出したけれど、直後には気を失っていたから。

あのときの状況や皆藤の言葉を思い返せば、私はきっと薬を嗅がされて意識を失ったんだろう。

その間、楠さんがなにもされなかったとは思えない。

「それに、楠さんの頭……さっき、怪我したんですよね？」

それを裏付けるように、楠さんの頭には怪我の痕がある。

スキンヘッドだから、血で汚れた肌がよく目立っていた。

「襲撃を受けたときにやられました……」

「そんな怪我なのに、ここに駆け付けてくれたんですよね。もちろん、千隼さんのためだというのはわかってますが、それでもう充分です」

「鈴音……」

楠さんが眉を下げ、千隼さんが申し訳なさそうな顔つきのまま息を吐く。

「だから、もう謝らないでください。悪いのは逆恨みしてた皆藤で、千隼さんや楠さんじゃありません」

建前でもなんでもなく、それが私の本音だった。

私の気持ちが伝わったのか、ふたりが微笑を浮かべる。

その後、ここが海辺の倉庫であることを聞かされた。

この場所は、鳳組が解散する直前に皆藤の資金源であった麻薬の取引に使われていて、千隼さんが皆藤の計画を潰したという経緯があったのだとか。

千隼さんは、皆藤からかかってきた電話で居場所を察したみたいだった。

警察には楠さんが連絡済みで、説明を聞き終わったタイミングでパトカーのサイレン音が近づいてきた。

「鈴音、立てるか？」

「あ、はい」

立ち上がろうとしたけれど、体がよろめいた。

「っ……!?」

足に力が入らないことに気づいたのは、一拍置いたあとのこと。

すると、千隼さんが私を抱き上げた。

「千隼さんっ……!」

「いいからじっとしてろ。鈴音が立てても、どうせこうするつもりだった」

恐らく、彼は私に怪我がないか確認したかっただけなんだろう。

「捕まってろ」

私を離す気はないとでも言うようにきつく抱かれ、私は戸惑いがちに千隼さんの首にしがみついた。

「よう、鳳の若」

「もう若じゃありませんよ」

倉庫から出ようとしたとき、千隼さんがひとりの男性に声をかけられた。

五十代後半くらいの男性は、どうやら顔見知りの刑事のようだ。

それも、千隼さんの過去を知っているのが会話から察することができた。

「今回は世話になったな」

「いえ、俺が刺されたときの処理をしてもらった恩がありますから」

「恩は売っとくもんだな」

「感謝してます」

「あとは任せろ。あいつは色々やらかしてるからな。なかなか姿を現さなかったが、これからみっちり事情聴取して吐かせてやるよ」

千隼さんは小さく頷くと、数台の覆面パトカーとパトカーの間を抜け、彼の車の助手席に私を乗せた。

「どこか痛むか？」

「いえ、平気です」

夕日が傾く空から差す光が、運転席に座った千隼さんの切なげな顔をオレンジ色に染める。

「無事でよかった……」

噛みしめるように零された言葉が鼓膜に届いたとき、私は頭で考えるよりも先に手を伸ばして彼を抱きしめていた。

「私は大丈夫ですから……そんな顔、しないでください」

千隼さんのことが好きで、大切で、ずっと傍にいたいと思っていた。

けれど、こんなにも苦しげな顔をする彼を、今は守りたいと思う。
私にそんなことができるとは思えないけれど、千隼さんを全力で守りたい。
不器用で愛おしい彼を、精一杯抱きしめていたい。

「鈴音」

千隼さんが私を呼ぶ。
私の存在を確かめるように、まだ少しだけ不安げに。
彼から離れた私は、真っ直ぐに向けられた視線を受け止めた。
言葉よりも雄弁なキスを与えられ、瞼をそっと閉じる。
唇に感じた優しい熱に、心が静かに戦慄いた――。

## 三　溢れ出す想い

千隼さんが信頼しているという小さな診療所で念のために診てもらい、鳳家に連れてこられた頃には、日が沈みかけていた。

あのまま帰ってきてよかったのかと気にする私に、彼は「心配しなくていい」としか言わず、すぐにバスルームに誘われた。

「まずは体を温めた方がいい」

「いえ、そんな……」

「いいから。鈴音の手、すごく冷えてる」

言われて初めて、指先が冷たいことに気づく。

倉庫は蒸し暑かったし、千隼さんの車の中もエアコンが効きすぎていたようなことはなかった。

にもかかわらず、真夏だとは思えないほど手先が冷えている。

「まずはゆっくり体を温めて、話はそのあとにしよう」

頷きかけたところでハッとする。

「あっ……あの……そういえば、蘭子は……？」

ようやく冷静になれたからか、今さら蘭子のことを思い出した。

「心配いらない。蘭子ちゃんには要太がずっとついてるし、護衛を増やした。今はバイト中だろうが、要太から問題ないと連絡もあった」

「よかった……」

蘭子が無事だとわかれば、他の心配事はもうない。

皆藤が部下を蘭子のもとに行かせるのではないかという不安もあったけれど、蘭子に危害が及ばなかったことは大きな救いだった。

「あと、蘭子ちゃんには鈴音がさらわれたことは言ってない」

それが千隼さんの気遣いであることはすぐにわかった。

もし蘭子が今回の件を知ったら、中津川たちに連れ去られそうになったときのように無茶をしたかもしれない。

「それでいいです。私も蘭子には黙っていようと思います」

「本当にいいのか？　正直、きちんと話すべきかとも思ってるんだが……」

「いいえ。皆藤のことはもう大丈夫なんですよね？　だったら、蘭子に余計な心配をかけたくありませんから」

「……わかった」

迷いを切り捨てたような千隼さんに、しっかりと頷いてみせる。

彼は微笑を浮かべ、「とりあえず風呂だな」と口にした。

「じゃあ、お借りしますね」

「俺も一緒に入る」

「えっ⁉」

「鈴音のことが心配だからな」

驚く私の服を、千隼さんが脱がしていく。

「ちょっ……ちょっと待ってください！　私、ひとりで大丈夫ですから……！」

「ダメだ。俺が鈴音と離れたくないんだ」

真っ直ぐな目でそんなことを言われたら、断るのは憚られてしまう。

彼の真剣な顔つきからは他意がないことも伝わってくるから、余計に拒絶できない雰囲気になってしまった。

いつも冷静な千隼さんがまるで縋るように見てくるせいで、なんだか母性本能をくすぐられてしまったのもある。

結局、意図せずに初めて彼と一緒にお風呂に入ることになった。

「……あの、あんまり見ないでくださいね？」

「……善処する」

千隼さんは、バツが悪そうに微笑んでいる。

恥ずかしくてたまらないけれど、覚悟を決めるしかないみたい。

たじろぐ私を余所に、彼は私の服を甲斐甲斐しく脱がせ、自分も裸になった。

お互いの肌を見せ合うのは初めてじゃないのに、目のやり場に困ってしまう。

「鈴音、おいで」

ドキドキする私を誘う千隼さんは、いつも通り優しい笑みを浮かべていた。

「沁みるか？」

「いえ……」

まずはゆっくりと湯船に浸かって、そのあとは彼が私の体を洗ってくれた。

もちろん『自分でできます』と訴えたけれど、私の意見が通ることはなく、千隼さんにされるがまま大人しくしているしかなかった。

彼はどうやら、私の体に怪我がないか自分の目で確認したかったらしい。

幸い、縛られていた手首が少し赤くなっていた程度だった。

もう一度湯船に浸かると、当たり前のように後ろから抱きすくめられる。

背中に硬い胸板の感触が伝わってきて、なんだか落ち着かなかった。

反して、千隼さんは黙ったままでいる。

「あの、千隼さん……？」

「ん？」

「えっと……この体勢は緊張するというか……」

「……悪い、我慢してくれ。鈴音が無事だとわかってホッとしたが、もう少しこうしていたいんだ」

胸の奥がキュンと高鳴る。

彼はもともと甘い言葉をくれる人だったけれど、今日はそれとは違う。

なんだか甘えん坊の子どものようで、愛おしさが込み上げてきた。

千隼さんの抱きしめ方は、ただただ私の無事を確認しているようでもあって、もう少しだけこのままでもいいかな……と思った。

「痛くないか？」

「平気です。沁みたりもしないですし、見た目ほどじゃないですから」

私の手首を優しく掴んだ彼の方を振り向き、にっこりと笑ってみせる。

特に痛みはないし、お湯に浸かっていても沁みたりもしない。

「本当に悪かった……」

「千隼さん……」

きっと、私がなにを言っても、千隼さんの中にある罪悪感は消えないに違いない。

けれど、せめて彼の心を少しでもラクにしてあげたかった。

「謝らないでください」

しっかりとした声が、バスルームに響く。

「千隼さんは悪くないんです。お父様の遺言と、家族のように大切な組員の方たちを守るために生きてきたんでしょう？　それが若頭として通すと決めた最後の仁義なんでしょう？」

「ああ、そうだ。だが、そのせいで鈴音を危険な目に――」

「だったら、謝ることはないし、そんなあなたを誇りに思います」

微笑みながら手を伸ばし、千隼さんの頬にそっと触れる。

「ね？　だからもう、謝るのはナシにしましょう」

彼の瞳がふっと緩む。

嬉しそうに、それでいてどこか悩ましげに。

「俺の方が励まされたな」

苦笑した千隼さんは、複雑そうにしながらも頬を綻ばせた。

「鈴音は俺にはもったいないほどいい女だ」

「そんなこと……」

彼のような大人の男性にそんな風に言われたことが嬉しい。

けれど、私はいい女なんかじゃない。

千隼さんのような信念もなければ、大それたこともできない。

本当は、彼の傍にいていいのかわからなくなるときがあるくらいなのだ。

もちろん、千隼さんの想いはちゃんと伝わっているけれど。

「誰がなんと言おうと、俺にとっては最高にいい女だよ」

「千隼さん……」

艶麗な笑みを湛える彼の手が私の頬を撫で、沈黙が下りる。

言葉もなく見つめ合うと、どちらからともなく唇をそっと重ねた。

それからしばらくの間は静寂に包まれ、逆上せる前にバスルームから出た。

彼は私の体を丁寧に拭き、自分のシャツを着せて、髪まで乾かしてくれた。

部屋に行くと少しの間ひとりで待たされ、すぐに戻ってきた千隼さんがマグカップを差し出してくれた。

「ホットミルクティーですか？」

「ああ。コーヒーよりいいかと思って」

「ありがとうございます」

一口飲んでみると、ほんのりと甘い。微かにブランデーの香りもした。

「おいしいです」

彼はペットボトルのミネラルウォーターを飲んでいる。

ベッドで肩を並べる私たちは、言葉少なに過ごしていた。

ふと見遣ったカーテンの隙間から覗く窓の向こうが暗くて、すっかり日が暮れたことに気づく。

「そろそろ帰らなきゃ……」

時計は二十一時過ぎを差していて、もうすぐバイトを終えた蘭子が帰ってくる。

「今日は泊まっていってくれないか？」

ところが、千隼さんが私の手をそっと握った。

「俺のわがままだとわかってるが、今夜は一緒にいたいんだ」

今夜の彼は、これまでにないくらいに私の傍にいたがっている。

千隼さんがどうしてこんなことを求めるのかはわかっているけれど、普段の彼とは違った一面にわずかながらに戸惑った。

ただ、そんな千隼さんのことを愛おしいと思う。

「えっと……蘭子に連絡してみますね」

気恥ずかしさもあったのに、素直にそう言っていた。

蘭子が気掛かりな私に反し、蘭子からは一分もしないうちに【ごゆっくり】とハートマーク付きのメッセージが送られてきた。

(こう言われると、ちょっと気まずいっていうか……。でも、蘭子なりに千隼さんのことを認めてくれてるんだよね)

小さく笑うと、彼が「蘭子ちゃんはなんて？」と尋ねてきた。

私は一瞬だけ悩んだあと、スマホのディスプレイを見せる。

「相変わらず物わかりがいいな」

「どうでしょうか。あとで怒られるかも」

「そのときはふたりで一緒に怒られよう」

冗談めかしたやり取りに、クスクスと笑い合う。

どこか重かった空気が和らぎ、ようやくふたりとも心から笑顔になれた気がした。

少しして、千隼さんが私の手から空になったマグカップを抜き取り、まだミネラルウォーターが残っているペットボトルとともにベッドサイドのテーブルに置いた。

彼が私を抱き寄せ、そのままふたりベッドに横たわる。

顔と体が向き合うと、また自然と微笑みが零れていた。

「腹が減ってないなら少し休むか」

「……寝るんですか？」

予想外の言葉に目を丸くすると、千隼さんが眉をひそめる。

「……バカ」

せっかくゆっくり休ませようと思ったのに、と呟かれた声がシーツに溶けていく。

一拍置いて、私は彼の意図に気づいて頬が微かに熱くなった。

「煽ったのは鈴音だからな」

「そんなつもりじゃ……」

「ああ。だが、不謹慎だってわかってても、やっぱり今すぐに鈴音を抱きたい」

ためらったのは、きっと形だけ。

耳元で甘く囁かれてしまえば、心は簡単に懐柔されてしまう。

それに、皆藤には顔以外は直接触れられなかったけれど……。服越しでも彼の手に触られたことが気持ち悪くてたまらなかった。

千隼さんに洗ってもらった体を、一刻も早く彼の体温や優しい手で安心させてほしかった。

「私も……千隼さんをもっと近くに感じたいです……」

そう思ったときには、自分でも驚くほど簡単に本音を漏らしていた。

向き合ったままの顔が近づいてきて、瞼を閉じながらキスを受け入れた。

私の体温や唇の感触を確かめるように食み、繰り返し柔らかく触れる。

いつもの優しいくちづけに、心には温もりと安堵感が広がっていく。

そのうち千隼さんが体を起こし、体重をかけないように私に覆い被さった。

「さっきの言葉……」

「え？」

「『私に触れていいのは千隼さんだけよ！』って鈴音が言ってくれたとき、死ぬほど嬉しかった」

聞こえてたんですか、という疑問が声になった刹那、再び唇が重なる。

「鈴音、覚えててくれ」

額をくっつけた彼が、柔和な笑みを浮かべる。

まるで想いを溢れさせたような、穏やかで優しい表情だった。

「俺が愛するのも、俺に触れていいのも、この先ずっと鈴音だけだ」

真っ直ぐな瞳が私を見つめている。

迷いもためらいもなく、私だけを見ている。

「はい……」

喜びを噛みしめれば、千隼さんがこれ以上ないほどに破顔した。

想いが溢れ出す。

どれだけ伝えても足りないと感じるくらいに深くて大きな恋情が、胸の奥から突き上げてくる。

言葉を交わす時間すら惜しく思えて、自ら彼の唇を奪いにいった。

ぎこちないキスの主導権は、すぐに千隼さんに戻ってしまう。

甘やかすように優しく、私の中を暴くように強引に。

けれど、慈しむような愛情が伝わってきて、まるで愛おしいと語られているような幸せなキスだった。

骨ばった手が私の肌を這い、ゆっくりと高められていく。

大切な宝物に触れるようにそっと、ときに彼の熱をぶつけるように激しく。

千隼さんになら、どんな風に触れられても怖くない。

ただただ嬉しくて、温かくて、幸福感に包まれる。

重なった体で彼の体温を感じれば、想いがいっそう溢れ出した。

熱と欲を孕んだ双眸が、私だけを真っ直ぐに見つめている。

他のものなど眼中にないと言わんばかりの、ひたむきな瞳。

視線が絡むたびに甘い熱が生まれて、本能のままに抱き合いながら千隼さんへの想いだけが鮮明になっていく。

それは留まることを知らないように膨れては溢れ出し、どれだけ伝えても足りなくて……。ただ譫言のように『好き』と繰り返す。

彼も同じように、何度も何度も愛を唱えてくれる。

私の体には、千隼さんの熱と感覚だけが深く深く刻まれていった。

「鈴音、愛してる――」

その言葉に、自分の想いを返せたのかはわからない。

意識が遠のく寸前、私たちはきつく抱き合ったままキスを交わした――。

心地好い温もりの中で目を覚ますと、千隼さんが私を見つめていた。

「悪い、起こしたか」

苦笑する彼に首を横に振れば、唇に優しいキスが落ちてくる。

幸せを感じていると、千隼さんが真剣な面持ちになった。

「鈴音」

まだ少しだけ眠くて、油断すれば微睡んでしまいそう。

穏やかな体温を感じながら、眠気を押しのけて彼を見つめる。

「俺と添い遂げる決心をしてくれ」

直後、真っ直ぐすぎるほどの声音で紡がれた言葉に、瞠目してしまった。

「俺の傍にいれば、鬱陶しいほど甘やかしてやる」

驚く私に、千隼さんが甘い笑みをくれる。

彼は瞳をたわませたまま、私の額に自分の額をくっつけた。

「死ぬまで大事にするから、一生傍にいてくれ」

「……っ」

心が震える。

胸の奥からは喜びと幸福感が突き上げてきているのに、鈍い思考が追いつかない。

プロポーズだと理解したとき、視界がゆっくりと滲んでいった。

「私でいいんですか……?」

嬉しくてたまらないのに、断る理由なんてないのに……。臆病な私が、半信半疑のまま動けずにいる。

「私、千隼さんの傍にずっといたいんです……。だから、そのうち重荷に思うかもしれないですよ……」

「バカ」

涙交じりに不安を零せば、千隼さんがおかしそうに笑う。

「俺の方が鈴音の何倍も惚れてるんだぞ」

見くびるなよ、とたしなめる声に鼓膜をくすぐられる。

「鈴音が離してくれと泣いて懇願しても、もう絶対に離してやる気はねぇよ」

綺麗な笑みを浮かべる彼が、不安も臆病な私も溶かしてくれる。

「だから、鳳鈴音になってくれ」

甘やかな声で強く乞われれば、私の心の中にはひとつの答えしか浮かばなかった。

涙交じりに笑った私は、千隼さんにとびきりの笑顔を返す。

迷いはない、と伝えるように。

「不束者ですが、末永くよろしくお願いします」

私の返事を聞いた彼が、とても幸せだと真っ直ぐな瞳で語る。

照れくさくて、幸福感で満ちている。

そんな優しい真夜中に、蜜を溶かし込んだように甘いキスをした。

「蘭子ちゃんに殴られるかな」

「そのときは一緒に殴られましょう」

冗談交じりの会話に、小さな笑い声が落ちていく。

ふと日付が変わっていることに気づいて、千隼さんの頬に触れながらくちづけを贈った。

「千隼さん、お誕生日おめでとうございます」

「ありがとう」

彼が照れくさそうに微笑み、唇を重ねてくる。

顔を離した私たちは、静寂に包まれた夜の中で未来を誓い合うようにもう一度キスを交わした。

# 四　滾る本能　Side Chihaya

皆藤との一件から、一夜が明けた。

今朝は、仕事が休みの鈴音を置いて出勤することに後ろ髪が引かれたが、笑顔で送り出されるのは嬉しくもあった。

昨日は誰も帰ってこなかったのは、志熊が上手く手配してくれたからだろう。

二度も身勝手に社員たちを追い出すような形になったのは申し訳なくもあるが、昨夜だけは彼女とふたりきりで過ごせてよかった。

鈴音は怖い思いをしたにもかかわらず、俺のことどころか志熊も責めなかった。

改めて彼女の優しさと強さを感じ、想いがいっそう大きくなった。

深夜にプロポーズをしてしまうほどに……。

指輪も夜景が見えるようなレストランもなく、ベッドの中で求婚する日が来るとは考えてもみなかった。

けれど、鈴音を抱き、眠ってしまった彼女の顔を見ていると、もう一秒だって待ちたくないと思ったのだ。

こんな俺を知ったら、オヤジはきっと豪快にゲラゲラと笑うだろう。

笑われてもいいからオヤジと話したい……なんてガラにもないことを考えた。

「おはようございます。あの、鈴音さんは？」

出社すると、志熊が開口一番そう切り出した。

俺が入院中に鈴音に凄んだ奴だとは思えない。

俺以外の前では口数が多くない志熊だが、志熊なりに彼女のことを認めていたのは知っている。

だからこそ、責任感もあいまって気掛かりなんだろうが、それは杞憂だ。

「心配しなくていい。俺たちが思うほど鈴音は弱くない」

志熊の顔に、安堵感が滲む。

俺が苦笑を零すと、志熊は頭を下げて社長室を後にした。

昨日は大量の業務を置いて会社を飛び出したから、今日は仕事が山済みだ。

蘭子ちゃんのもとに行かせた部下ふたりが上手く仕切ってくれたようで一部は片付いていたが、それでも日が傾き始めるまで息つく暇もなく業務を捌き続けた。

「社長、お客様です。西松《にしまつ》さんがお会いしたいと」

ようやく手を止めたのは、志熊から来客の知らせを聞いたときだった。

名前を聞いてすぐに「通せ」と返せば、すぐにひとりの男性が姿を現した。

「よう、鳳の若」

「元、ですよ。今はしがない経営者です」

「すっかり丸くなりやがって。こっちはお前のせいで徹夜だったんだぞ」

西松さんは、オヤジが懇意にしていた刑事だ。

長らく組織犯罪対策本部捜査一課に所属し、極道の世界を知悉《ちしつ》している。

オヤジを通じて顔見知りだった組員の頃から知っており、俺がオヤジの養子になった件や若頭を拝命したこと、そして組を解散させた経緯にも詳しい。

なぜなら、西松さんはずっと皆藤を追っていたからだ。

「失礼します」

程なくして、コーヒーを運んできた志熊が俺の背後に控える。

志熊を待っていたかのように、西松さんが疲労感を隠さずにため息を吐いた。

「皆藤は、お前にシノギを潰されたあと、しばらくしてインドに高跳びしたそうだ。それから、ジャマイカ、シンガポールにも滞在し、最後はタイにいたんだとよ」

「それはまた随分と動いたもんですね」

「すべての国でヤクの売買に関わってた。よくもまあ、他国でしょっ引かれなかったもんだ。とにかくこれから芋づる式に捕まる奴が出てくるだろうよ」

コーヒーカップに口をつけた西松さんは、「なんでこのクソ暑いのにホットなんだよ」と眉をひそめる。

「それで、例の件は？」

「ああ、海外では鳳の名前を使った商売はしてなかったみたいだな。まだ完全に裏が取れたわけじゃないが、まあ大丈夫そうだ。さすがに危ないと踏んだんだろ」

ずっと足取りが掴めなかった皆藤が、鳳の名を語っていないかと懸念していたが、どうやら安心してもよさそうだ。

志熊も安堵したのか、後ろで小さくため息をついていた。

「それより、お前なぁ！　ちっとは後処理するこっちの身にもなれよ！　散々暴れやがって。この猛獣め！」

「長い付き合いなんですから、大目に見てくださいよ。それに、あれはれっきとした正当防衛です」

「よく言うよ。一太刀でもお前の刀傷があれば、皆藤と一緒に捕まえてやったのに」

俺が「勘弁してください」と笑顔を見せれば、西松さんが顔をしかめる。

「お言葉ですが、若は猛獣ではなく聖獣です。冥界の聖獣という通り名は、あなたも覚えていらっしゃるでしょう」

さらには口を挟んだ志熊に、心底うんざりしたように息を吐き捨てた。

「どっちでもいいんだよ、そんなことは！　それより、頼むからもうお前らのところから犯罪者は出さないでくれよ！」

「はい、それは約束します。鳳組の者たちを守ることが、俺にとってオヤジへの最後の仁義ですから」

「……その言葉、五代目が聞いたら喜ぶだろうな。あいつは逝くのが早すぎた」

噛みしめるように零されたセリフに、喉の奥が熱を持った。

まるで俺の代わりに、西松さんが寂しそうに笑う。

きっと、志熊も似たような顔をしているのだろうと思ったが、見ればつられてしまいそうで振り返らなかった。

その後、西松さんは『皆藤は一生塀の向こうだろう』と言い残して帰っていった。

詳しくは伏せられたが、皆藤にはまだ余罪がいくつもあるようだ。

「これで終わりましたね」

「そうだな。だが、皆藤のような奴を出さないためにも、この先もずっとここを守っていかないといけない」

あの日から十年と数か月。

ようやく、本当の意味でケリがついた。

これからは会社と社員を守るため、そして鈴音を守るためだけに生きていける。

けれど、肩の荷が下りたはずなのに、微かに寂しさに似たものを覚える。

ただ、それでいいのだと自分自身に言い聞かせるように瞼を閉じ、息を吐いた。


仕事を終えて帰宅すると、要太や蘭子ちゃんを始め、鳳家に住んでいる者たちが俺のことを待っていた。

その光景を見て、俺を送るという名目でついてきた志熊の意図に気づく。

どうやら鈴音の計らいで、俺の誕生日を祝うために集まってくれたらしい。

居間の座卓に並ぶ料理は、彼女を筆頭にみんなで作ったのだとか。

肉じゃが、だし巻き卵、唐揚げ、ハンバーグ、シチュー。彩り豊かなサラダに、ローストビーフや魚介のカルパッチョ、アヒージョやケーキまで用意されている。

和洋折衷にも程があるだろう……とおかしくなり、同時に鈴音の奮闘が目に浮かぶようで嬉しくもなった。

彼女はプレゼントも用意してくれており、中身はネクタイとネクタイピンだった。

生まれて初めて愛する女からもらった誕生日プレゼントを前に、俺はきっと平静を装えていなかったのだろう。

みんなのニヤニヤとした視線が、それを語っていた。

こんな風に誕生日を祝ってもらうのは、オヤジが生きていた頃以来だ。

オヤジが組員全員の誕生日を祝うせいで、鳳組では月に数回は誕生日パーティーが開催されていた。

当時のことを思い出し、懐かしさと寂寥感に包まれる。

けれど、それを笑顔で隠して、みんなにお礼を告げた。

あの頃のような賑やかな時間が流れ、部屋中に笑い声が響く。

今頃オヤジも飲んでいるに違いない、と考えて心の中で盃を交わした。

和やかな雰囲気の中、まだ鳳組に入る前のことを思い出す。

荒んだ生活を送っていた日々には、自分にこんなにも穏やかな時間が訪れるなんて想像もできなかった。

どこかほんの少しだけ居心地が悪くて、けれどホッとする。

不思議な感覚に包まれながら隣に座る鈴音を見れば、彼女が柔らかく微笑んだ。

(いい加減、ふたりきりになりたいな)

鈴音が俺のためにこうして祝ってくれているのは、重々わかっている。

それなのに、俺はさきほどからずっと彼女とふたりきりになりたくて仕方がない。

「要太、そろそろ蘭子ちゃんを送ってやれ」

時刻は二十一時。

遅くはないが、高校生には早いということもないだろう。

「あ、じゃあ、蘭子は先に帰ってて。私は片付けを済ませてから――」

「そんなもん、今しなくていい。それより、鈴音は今夜も帰さないからな」

「えっ？　それは……みなさんがいらっしゃるので」

「心配するな。ホテルを取ってあるから、そこでふたりで過ごそう」

「い、いや、でも私は……二日連続で外泊になるのは、ちょっと……」

「ちょっと、お姉ちゃん！　今どき高校生でも二、三日の外泊くらいするよ？　彼氏の誕生日なんだから一緒にいてあげなよ」

戸惑う鈴音を余所に、蘭子ちゃんのアシストで話が進んでいく。

「千隼さん。お姉ちゃん、明日は夏季休暇で休みなのでごゆっくり」

「それは有益な情報だな」

「蘭子……！」

恥ずかしそうに頬を染める鈴音に反し、蘭子ちゃんはあっけらかんとしたものだ。

これではどちらが姉かわからないな、とおかしくなる。

その後、片付けは鳳家に住んでいる者たちに任せ、鈴音を連れて都内にある『グラツィオーゾホテル』へと向かった。

「ここ……スイートルームですか……？」

「エグゼクティブスイートだ」

美しい夜景が望める窓を見つめる彼女が、目をぱちくりとさせている。

まるで少女のような無垢な驚き方に、思わずクッと笑ってしまった。

「千隼さんの誕生日なのに、なんだか私がお祝いされてるみたいじゃ……」

「俺が鈴音と過ごしたくて取ったんだから気にするな。それに、プロポーズがかっこつかなかった分、これから挽回させてくれ」

「そ、そんなことありません！　千隼さんの言葉はすごく嬉しかったです！」

婚約指輪も綺麗な夜景が見えるレストランもなかった。

家のベッドの中で紡いだ不格好なプロポーズだったというのに、鈴音が必死になって言うものだから口元が綻んでしまう。

「鈴音の保護者から許可ももらえたことだし、まずは風呂でも入るか」

「……前から思ってたんですけど、千隼さんは堂々としすぎです」

「自分の妻になる女といちゃつきたいと思ってなにが悪い」

しれっと言い返せば、彼女は恥ずかしさを滲ませて拗ねたような顔をした。

「いいとか悪いとかじゃなくて……蘭子は高校生ですよ」

「あの子は鈴音が思ってるよりずっと聡くて大人だよ。なんなら俺よりもな」

「もう……。千隼さんって、たまに子どもっぽいところがありますよね」

鈴音が諦めたようにため息をつき、苦笑を漏らす。

「なんだ、こういう俺は嫌いか？」

悪戯っぽく微笑んでみせれば、彼女が息を呑んだのがわかった。

「っ……！　す、好きです、けど……」

（ああ、もう……。どうしたって俺の方が何倍も惚れてるんだよな）

頬を赤くしながらも素直に答える鈴音が可愛くて、理性が崩される予感がする。

「やっぱり風呂はあとでいい」

「え？」

「今すぐに鈴音が欲しくなった」

「きゃっ……!?」

返事を聞くよりも先に華奢な体を抱き上げ、彼女を広いベッドに運ぶ。

緊張感を覗かせる顔にも心を掴まれたとき、柔らかな唇を奪っていた。

甘やかすようにくちづけ、誘うような唇を食み、鈴音の口内に舌を捻じ込む。

労わるように抱きたいのに、自分の中の欲は膨らんでいくばかり。

優しくしたい気持ちと滾る本能の狭間で、彼女への恋情でいっぱいの心が揺れる。

蜜を溶かし込んだような甘ったるいキスも、鈴音の無防備な肌をくまなくたどる指先や手も、俺の思考と体に理性を焼き切るような熱を与えてくる。

好きで、愛おしくて、なによりも大切で……。なにがあっても絶対に手放したくないと、強く強く思う。

自分でも持て余すほどの想いなのに、それすらも無性に愛おしく感じるのだ。

「鈴音……」

こんな言葉を使う日が来るとは考えもしなかった。

けれど、今伝えたいのはこれしかない。

「愛してる」

潤んだ目を俺に向ける鈴音の耳元でそっと囁けば、彼女の瞳が幸せそうにたわむ。

突き上げてくる甘やかな熱をぶつけるように鈴音の体をきつく抱きしめれば、一生巡り会うことがないと思っていた運命の女を捕まえた気がした——。

＊　＊　＊

季節は巡り、街がクリスマスに浮かれる十二月。

鈴音とは順調に関係を育んでいたが、ここ最近は会えていなかった。

というのも、受験を控えた蘭子ちゃんがバイトを減らして勉強に勤しんでおり、そんな妹を『精一杯サポートしたい』と鈴音が希望したからだ。

かねてより、鈴音は蘭子ちゃんの進学を希望していたが、蘭子ちゃんの方は経済的なことを懸念して就職するつもりだったようだ。

現に、初めて会った頃の蘭子ちゃんの言動からもそれが見て取れた。

けれど、彼女の中でいつしか進学への思いが強くなったようで、今年の春頃から受験に向けて勉強を始めていた。

志望校は偏差値も倍率も高いが、優秀な蘭子ちゃんは模試で何度もA判定が出ているため、順調にいけば心配しなくていいだろう。

そんな蘭子ちゃんを、鈴音は心から応援している。

会える時間が減ったのは寂しいが、俺は物わかりのいい男を演じていた。

妹思いの鈴音の気持ちを尊重したいのも本音であるため、密かにヤキモキしている姿は決して見せないように努めているのだ。

「社長、眉間のしわは先方に着く前にどうにかしてくださいね」

「うるせぇな」

「不機嫌が全部顔に表れてますよ」

「鈴音が足りねぇんだよ。何週間抱いてないと思ってるんだ」

「鈴音さんを職場から家に送ったときを除けば、今日で三週間ほどですか」

「真面目に答えなくていい」

顔をしかめる俺に、志態がおかしそうに笑う。

「極道の世界では恐れられたあの冥界の聖獣も、好きな女の前では形無しですね。オヤジが生きてたら、そりゃあ大笑いされたことでしょう」

ため息をつけば、運転中の志態は「失礼しました」と微笑んで素直に口を閉じた。

鈴音とゆっくり会えていない中でも、結婚への準備は着々と進んでいる。

二か月ほど前には、関西に住む鈴音の父方の祖父母にも挨拶に伺った。

ただ、鈴音と蘭子ちゃんと相談した末、俺が元ヤクザであることは伏せた。

罪悪感がないと言えば嘘になるが、その方が余計な心配をかけなくて済む……というのが彼女たちの結論だったのだ。

どうやら、父方の祖父母と鈴音の両親はあまり上手くいっていなかったらしく、歓迎されている感じはなかった。

鈴音たちに対してもどこか距離があり、彼女たちも遠慮しているように見えた。

借金のことを話していなかったというのはこのときに知ったのだが、それも納得できるような雰囲気だったように思う。

そういうことを考えれば、鈴音たちの判断は正しかったのかもしれない。

入籍は、蘭子ちゃんの合格発表を待って三月にする予定だ。

俺も鈴音も両親はいないため、鳳家に内々だけで集まり祝言を挙げることにした。

それでいいのかと彼女に訊けば、『もともと人前式のような結婚式に憧れてたから、むしろ嬉しいです』と言われた。

そんなわけで、今は鈴音の和装を見るのが楽しみで仕方がない。

本当は一緒に選びたかったが、彼女が『蘭子と一緒に選びたい』と希望したため、俺は当日のお楽しみということになったのだ。

こういうとき、男は出る幕がないな……と苦笑が漏れた。

だが、そんなことにすら喜びを抱けるのだから、間違いなく幸せだと胸を張って言える。

年末に向けて慌ただしく過ごす中、クリスマスイヴを迎えた。

「突然すみません……。蘭子に追い出されてしまって……」

俺が帰宅すると、寒空の下で鈴音が待っていた。

蘭子ちゃんから『イヴにまで野暮なことしたくない』と言われ、強引に家を追い出されたらしい。

「言ってくれれば迎えに行ったのに」

「いえ……千隼さんはお忙しそうでしたし」

「バカ。夜にひとりで来させるのは心配だし、こんな寒空の中で鈴音を待たせる方が嫌だ。むしろ、こういうときはちゃんと甘えろ」

申し訳なさそうに微笑む鈴音が、「はい」と頷く。

「ほら、早く家の中で暖まろう。風呂を沸かしてやるから」

奇しくも、今夜はみんな出払っている。

ほとんどが彼女と過ごすか、独り身の奴は集まって飲むらしい。

俺も誘われたが、ひとりだけ帰ってきて正解だったと思う。

鈴音は、明日は夜勤らしく、朝は俺が出勤するときに送っていくことにした。

なにか食べに行くかと訊いたら、「ふたりでゆっくりしたいです」なんて言う。

欲のない鈴音の甘え方が可愛くて、いったいどうしてやろうかと思わされた。

ふたりでオムライスを作って、「クリスマスらしくはないな」と笑い合いながら食べる他愛のない時間は、無性に尊く感じるほど幸せだった。

恥ずかしがる彼女をバスルームに連れ込んで仲良く湯船に浸かり、そのあとにはいつも通りに髪を乾かしてやる。

これまでの俺なら、手ずからドライヤーをかけることなんて絶対になかった。

けれど、今はこうして鈴音の髪に触れられる瞬間すら嬉しかった。

彼女と出会ってからの俺は、頭のネジをどこかに落としてきたのかもしれない。

そんなことを考えながら苦笑いし、自室で赤ワインを開けた。

ようやく少しだけクリスマスらしくなった中、話題は一年前のことに及んだ。

「鈴音と出会ってもうすぐ一年か」

「実は今日で一年なんですよ？」

「え？　一年前の今日は、俺が刺された日だぞ」

俺が小首を傾げれば、鈴音が瞳を緩める。

「私、千隼さんが搬送されてきたとき、ちょうどその現場を見てたんです。一瞬だけですけど、千隼さんと目が合ったんですよ」

まるで種明かしをするように話した彼女は、どこか懐かしげにふふっと笑った。

もう忘れかけていた、一年前の記憶を手繰り寄せる。

あのとき、俺は意識が朦朧とする中で、誰かと目が合った気がしていた。てっきり要太か救急隊員、俺の処置に当たったスタッフたちかと思っていたが、あれはもしかして鈴音だったんだろうか。

真実はわからないが、そうだといいな、と思った。

「そうか。ちゃんと覚えてないのが残念だ」

「あんな大怪我だったんですから、覚えてる方がすごいですよ。それより、あのときには千隼さんとこんな風になるなんて思ってもみませんでした」

「それは俺も同じだ」

彼女が俺の担当になった当初は、随分と冷たく当たってしまった。

そもそも、俺の背中を見た病院のスタッフたちからどう思われているのかは想像がついたし、慣れ合うつもりはなかった。

スタッフたちにとってもその方がいいだろう……と考えたのもある。

それに、あの頃は自分の命に無頓着だった節があるのも否めない。

そんな俺と真っ直ぐに向き合って叱ってくれたのは、鈴音だけだった。

今にして思えば、彼女に惹かれたのは必然だったのかもしれない。

「でも、こうやって一緒にいられて幸せです。春になったら、もっと一緒にいられるなんて夢みたい」

幸福感を噛みしめていると、鈴音が面映ゆそうに微笑んだ。

こんな風に素直に可愛いことを言うところも俺の心を掴んで離さないのだと、きっと彼女は思いもしないのだろう。

やっぱり俺の想いの方がずっと強い、と改めて感じてしまう。

鈴音の前ではただの男になる自分自身に自嘲しつつ、彼女を見つめた。

「結婚したら鈴音はどこに住みたい？」

今のところ、候補は複数ある。

ひとつは、鈴音たちが住んでいる俺のマンションにふたりで、もしくは蘭子ちゃんと三人で住む。

ただ、後者はすでに蘭子ちゃんから断られている。

彼女は、大学進学と同時に一人暮らしをするつもりらしい。

この話を切り出したとき、蘭子ちゃんに『新婚夫婦と一緒に住むなんて嫌ですよ』と眉をひそめられた。

そして、思わず苦笑を返したことは、まだ記憶に新しい。

残りの候補は、新たに部屋を用意すること。

鈴音が希望するなら、分譲マンションでも戸建てでも構わないと思っている。

今は寮になっているこの家だが、実は来年の春を目途にそれもやめるつもりだ。

ここに住んでいる者たちの生活は安定してきたし、そもそも古い日本家屋ではプライバシーが守られにくい。

組員でもない他人同士が共同生活を送るには、少々窮屈だろう。

他の社員のことも考えて新たにアパートを一棟購入し、そこを正式な寮として使用する予定でいる。

その後もここを売りに出す気はないが、どうするべきかと思い悩んでいた。

「あの……ここに住むのはどうですか？」

「え？」

予想外の言葉に驚くと、彼女は穏やかに微笑んだ。

「色々考えてみたけど、私は千隼さんが大切に思ってる場所を空き家にするのは寂しいなって思うんです」

その表情からは、思いつきで話していないことがわかる。

「ふたりで住むには広すぎますが、千隼さんはこの家を手放す気はないんですよね？　だったら、ふたりで住む方がいいかなって」

それでも、鈴音の意見に少しだけ戸惑った。

「俺は構わないが……。でも本当にいいのか？　広さは充分だし、一応リフォームもしてあるが、築年数は相当のものだぞ。どうせなら、最新のタワマンとか注文住宅の方がよくないか？」

気持ちは嬉しいが、せっかくの新婚生活なのだから、快適な最新鋭のマンションを購入するか、彼女の希望をできる限り叶えた戸建てを……と考えていたからだ。

「私はここがいいです」

それなのに、鈴音は迷いなんてないと言わんばかりに破顔する。

「だって、ここは千隼さんが過ごしてきた場所ですから」

俺を真っ直ぐに見つめる表情には、彼女の優しさや想いがこもっていた。

「もちろん、千隼さんが嫌じゃなければ……」

「嫌なわけがないだろ」

鈴音にとってここに住むのは気が進まないかと考えていたため、まさか彼女の方からそんな提案をされるとは思ってもみなかった。

けれど、鈴音の気持ちが嬉しくてたまらない。

同時に、無意識のように与えられる優しさが眩しくて、少しだけ泣きたくなった。

「あ、でも、こんなに広い家だとひとりのときは寂しくなりそうですね」

「……だったら、寂しくないようにしようか」

「えっ？」

「子どもがたくさんいれば、きっと賑やかで楽しい家になる」

鈴音がわずかに恥ずかしそうに、けれど幸せそうに微笑む。

「そうですね。ここなら家の中でもかくれんぼや鬼ごっこができますし、庭ではサッカーや野球だってできそうですから」

「鈴音、知ってるか？　サッカーチームに必要なのは十一人だぞ？　でもまあ、俺は鈴音が望むなら――」

「そっ、そう意味じゃないですっ！」

焦った様子の彼女が、拗ねたように眉を寄せる。

「もう！　千隼さんはすぐに私をからかうんですから！」

「そうやってムキになるところが可愛いんだから仕方ないだろ」

「っ……！」

「ほら、怒るなよ」

耳まで真っ赤になった鈴音の唇にキスを落とす。

なだめるように、甘やかすように。

それでいて、密やかな欲を呼び起こさせるように、戯れのごとく唇を啄んだ。

静寂の中にリップ音が響き、室内が甘い雰囲気に包まれていく。

視線が絡めば熱が芽生え、あとはもう言葉なんて必要なかった――。

# エピローグ

桜の蕾が綻び始めた、三月下旬の吉日。

鳳家で、千隼さんと私の祝言を挙げる運びとなった。

結婚式や披露宴をしないと決めたのは、彼の過去を考慮したのもあった。

けれど、なによりも大切な人たちだけでこの日を迎えたかったのだ。

鳳家には、蘭子や成実を始め、楠さんや新塚さん、鳳組の元組員だった人たちを含む鳳不動産の社員の方たちが集まってくれた。

年老いた父方の祖父母は招待していないけれど、千隼さんの事情を話していない以上はこれでよかったはずだし、近いうちに今日の写真を送ろうと思う。

進行役は、楠さんが務めてくれている。

祝言は滞りなく進み、みんなの前で誓いのキスを交わして婚姻届にサインをしたときには、今日一番盛り上がった。

保証人の欄は、楠さんと成実にお願いして書いてもらった。

広い居間では、列席者たちが賑やかにお酒を酌み交わしている。

白無垢だけでいいと言った私の意見を千隼さんが却下したため、私はこれから色打掛にお色直しをするところだ。

(千隼さんと出会ってから今日まで、本当に色々あったな)

一昨年のクリスマスイヴに運ばれてきた彼と、まさかこんな縁を結ぶことになるとは思ってもいなかった。

千隼さんの担当になった当初は手を焼かされたけれど、今ではそれも笑い話だ。

借金の件では何度も助けてもらい、いつしか彼に惹かれていった。

戸惑いながらも付き合うことになった日のことは、よく覚えている。

蘭子や成実に反対され、ようやく周囲からの理解を得られ始めたと思ったら皆藤にさらわれて……。本当に、自分の人生とは思えないほど怒涛の日々の連続だった。

それでも、私はとても幸せだと胸を張って言える。

蘭子は無事に第一志望の国立大学に合格し、四月からは法学部に進学する。

将来は、私たちのように不当な借金などに困っている人たちを助けられる弁護士になりたいのだとか。

それを知ったとき、本当に誇らしくてたまらなかった。

あのつらくて苦しくて大変だった日々の中、蘭子なりに様々なことを得ていたのだと思うと、改めて妹の芯の強さに驚かされもした。

一方で、来週から一人暮らしを始める蘭子と離れるのは寂しくもある。

一応、千隼さんとともに三人で一緒に住むことや、彼とは別居婚をして私が蘭子と住み続けることを提案してみたけれど……。

『大学生の一人暮らしなんて、別に珍しくないでしょ。だいたい、なにが悲しくて新婚夫婦と一緒に住まなきゃいけないのよ。毎日いちゃつく姉夫婦を見てるなんて地獄なんだけど。それに、結婚しても別居なんて千隼さんが死んじゃうんじゃない？』

蘭子の方はあっさりとしたもので、呆れたように拒否されてしまった。

姉としては心配ではある。

ただ、蘭子のアパートは千隼さんの会社が所有しているもので、隣の部屋には新塚さんが住むことになっている。

（まさかふたりが付き合うなんてね）

いつの間にか、蘭子と新塚さんは惹かれ合っていたようで、ふたりは蘭子の高校卒業と同時に付き合い始めたのだ。

そういった経緯もあり、実は新塚さんからは彼と蘭子の同棲を提案されていた。

ところが、千隼さんが『俺の妻の妹と同棲するなんて百年早い』と不機嫌そうに新塚さんの意見を跳ねのけ、ふたりには隣同士の部屋を手配した。

新塚さんは『千隼さんって蘭子のことを娘みたいに思ってませんか』と嫌そうな顔をしていたけれど、蘭子と私はそんな千隼さんの態度が嬉しくもある。

私だけじゃなく蘭子を大切にしてくれていることが、本当によくわかるからだ。

しかも、千隼さんは蘭子の『学費や生活費はすべて面倒を見る』と言ってくれている。

『いくら特待生制度を受けても教材費などもあるし、大学でかかる費用のすべてが免除とはいかない。それに、奨学金だって一種の借金と変わらないからな』

もちろん最初は断ったけれど、そんな風に話した彼がまったく折れず、話は平行線の一途だった。

『夫が妻の妹の面倒を見てなにが悪い。それに、これは出世払いだ。蘭子ちゃんが司法試験に受かったら、うちの顧問弁護士になってもらう』

結局、『だからこれは先行投資だ』と笑う千隼さんに、蘭子と私は感謝を伝えて厚意を受け取ることにしたのだ。

こんなに甘えてもいいのかと思う反面、彼の気持ちはやっぱり嬉しかった。

「鈴音」

鳳組が懇意にしていたという呉服屋の女将に着付けをしてもらった頃、ふすまの向こうから千隼さんに声をかけられた。

私が「どうぞ」と返せば、すぐに入ってきた彼が瞳をたわませた。

「ああ、やっぱり綺麗だ」

「本当ですか？　派手すぎませんか……？」

私が身に纏っているのは、京都《きょうと》の一流の職人が手掛けた朱色のような赤い色打掛。

背中には鳳凰の絵が描かれ、千隼さんが着ている黒五つ紋付き羽織袴の背中に施されたデザインと対になっている。

鳳の名にちなみ、そして『愛と平安の象徴』ともされる鳳凰は、私たちにぴったりだと感じたのが選んだ理由だった。

「そんなことない。誰よりも綺麗だし、よく似合ってる。いい女だよ」

真っ直ぐな彼の言葉に、女将さんが「まあまあ」と微笑ましげにしている。

「ほら、行こう」

私は胸をときめかせながら大きな手を取り、客間に向かった。

再びみんなの前に姿を見せると、温かく迎え入れられた。

お祝いムードがいっそう強まる中、ふと両親が亡くなった頃のこと思い出した。

当時の私は、悲しみに暮れることができなかった。

もともと病弱だった母は、家にいても寝込むことが多かったため、常に〝両親の助けになれるように頑張らないといけない〟と考えて行動してきた。

さらには、生前の母から『蘭子をよろしくね』と繰り返し言われていたため、蘭子のためにも自分がしっかりしなくては……と思い、父が亡くなったあとには葬儀や借金のことに追われ、ただ生きていくだけで精一杯だった。

そんな生き方が染みついていたため、他人に甘えることができず、肉親である父方の祖父母にも縋ることはできなかった。

つらくても心に蓋をする癖がつき、人を頼る方法がわからなかったのだ。

けれど、千隼さんはそんな私に手を差し伸べてくれた。

私が弱さを見せられるようにしてくれた。

彼にだけは甘えられるように、甘え方を教えてくれた。

それは、きっと奇跡のように幸福なことだと思う。

「どうした？」

「幸せだなぁと思って」

千隼さんに笑みを返せば、彼が「あんまり可愛いことを言うな」と眉を下げる。

「ただでさえ綺麗な鈴音を前にして我慢してるっていうのに、そんな可愛い顔を見せられたら夜まで待てなくなるだろ」

耳元で落とされた囁きに、頬が熱くなっていく。

「千隼さん、お姉ちゃんになに言ったんですか？　顔が真っ赤なんですけど」

「別になにも。今の素直な気持ちを伝えただけだ」

飄々と目を眇めて言ってのける彼は、涼しげな笑みを湛えている。

こんなときでも余裕そうな千隼さんに、いつも通りドキドキさせられてしまう。

つらいことは、たくさんあった。

苦しいことも、抱え切れないくらいあった。

もうダメだと思ったときだって、何度もあった。

けれど、今はこんなにも幸せで、毎日笑っていられる。

そんな日々を与えてくれる彼に、私もこれからたくさんの幸福を与えられるようになりたい。

「ラブラブなふたりにもう一回誓いのキスしてもらいましょう！」

幸せに浸っていると、新塚さんの陽気な声が飛んできた。

「さっきしただろ」

「こういうのは何回でもしていいんですって！」

てっきり怒るかと思った千隼さんを見れば、彼がわずかに口角を上げる。

「仕方ねぇな」

言うが早く端正な顔が近づいてきて、私は緊張する間もなく覚悟を決めるしかなくなって……。柔和な双眸を受け止めながら、ゆっくりと瞼を閉じた。

刹那、唇に優しい熱が触れる。

幸せに満ち溢れたキスを交わしながら、改めて心の中で強く誓った。

私はこれからもずっと千隼さんとともに生きていく、と——。

# 番外編　絶えぬ愛執　Side Chihaya

ゴールデンウィークも過ぎ、初夏の香りが漂う頃。

「それでね、すごく勉強になって。やっぱり、ドクターの話をじっくり聞けるのはいいなって、改めて思ったんです。片桐《かたぎり》先生は小児外科病棟のドクターだから直接話せる機会ってないし、思い切って質問もしてみたらすごく親身に答えてくれたんです」

満面の笑みの鈴音を前に、笑顔が崩れそうになるのを堪えていた。

ベッドに潜って、早二十分。

今日の出来事を生き生きと語る彼女に反し、俺は心穏やかではない。

半澤総合病院では、二年前から定期的に看護師のための勉強会が開催されている。

各科の専門医が持ち回りで中心となって行われるそれは、ドクターの観点から話を聞け、ディスカッションもある。

参加は自由だが、人気のドクターのときには募集開始から定員オーバーまで一日もない――と以前に教えてくれた。

「片桐先生のときは人気すぎていつも参加できなかったから、今日は本当にラッキーだったんですよ。勉強会以外では話せる機会もないし、また参加できたらいいなぁ」

そして、今日の勉強会は、どうやら鈴音が尊敬している医師が担当だったようだ。

優秀だと名高い片桐という男は、小児外科の専門医で、海外の病院で働いていたこともあるらしい。

彼の治療を受けるために、全国から患者が訪れるのだとか。

「忙しい方なのに勉強会ではじっくり質疑応答もしてくださったし、患者さん第一って感じですごく尊敬できるんです。ドクターやナースはもちろん、患者さんからも絶大な信頼があるんですけど、それも納得できるっていうか」

片桐とやらのことを語る彼女の目は、無邪気なほどキラキラとしている。

「私、いつか小児外科で働きたいんです。実習で小児外科に行ったときはすごく大変だったけど、ドクターもナースも尊敬できる人ばかりだったし、なによりも片桐先生のもとで働けたらきっと成長できると思うから」

「その医者、いくつだ？」

「え？　えっと……たぶん、三十代中盤から後半くらいだったかと」

「……結婚してないのか？」

「なんでそんなこと……」

言いかけた鈴音が、ハッとしたような顔をする。

俺はバツが悪くなって、ごまかすように咳払いをした。

「あの、千隼さん……もしかして……」

「言うな」

自分の顔を見られないように、彼女の後頭部に手を回して胸元に押し付ける。

すると、鈴音がクスクスと笑った。

「片桐先生はご結婚されてますよ。噂では、すごく愛妻家だって。ちなみに、奥様は育休中ですが、片桐先生がいらっしゃる小児外科のナースです」

嫉妬したなんてバカみたいだと思うのに、素直に安堵した自分がいる。

彼女は俺の腕の中でモゾモゾと動き、抜け出すように顔を上げた。

「私が好きなのは千隼さんだけですから」

にっこりと微笑まれて寄越された殺し文句に、胸の奥がひどく戦慄く。

甘い言葉に思考が侵され、体の奥底に熱が灯った。

こんなことで心を乱されるなんてまるで子どもみたいだ、と思う。

(……俺はどれだけ振り回されればいいんだ)

先が思いやられるほどに余裕がなくて、それを隠し切れない自分が情けなくて。嫉妬深いアラフォーの男ほどかっこつかないものはないだろう……とため息が零れる。

「俺の方が好きすぎてどうにかなりそうだけどな」

けれど、鈴音を前にすれば、こんな本音も簡単に漏れた。

紙面で交わした契約も、華奢な薬指に光る指輪も、俺のものである証。

それでもまだ足りなくて、彼女の目に映るのが自分だけならいいのに……なんて考えてしまう。

無理だとわかっていても、自分の中にある独占欲を抑えられない。

好きで、愛おしくて。尽きることのない想いが、また溢れ出す。

照れくさそうにしつつも幸せそうに笑う鈴音に、理性は呆気なく溶けていく。

どうしようもないほどの愛執に、俺はきっと一生縛られているのだろう。

ただ、彼女のせいで抱くこんな感情なら喜んで受け入れる。

呆れるほど鈴音に執心していることを自覚しながらも、今夜も甘ったるいキスを繰り返して熱に侵された柔らかな体を存分に味わった。

END

# あとがき

こんにちは、河野美姫《かわのみき》です。

このたびは、『(元) 若頭社長の寵愛本能のなすがまま～甘やかし尽くして、俺の色に染めてやる～』をお手に取ってくださり、本当にありがとうございます。

マーマレード文庫様とのご縁も九度目となる今作のご依頼をいただいたとき、『極道ものはいかがですか?』と言われて驚き、そして放心したことを覚えています。

私が書く極道ヒーローなんて興味を持っていただけないのでは……? と不安になり、今もまだその気持ちを拭い切れないままこれを書いていますが、いざ書き始めてみると本当に楽しくて、夢中になって執筆していました。

今作のヒロインとヒーローは、それぞれに苦しい過去を抱えています。

そんな中でも、真っ直ぐに生きる鈴音と、家族同然に大切な組員たちを守るために必死に努力してきた千隼は、出会うべくして出会ったふたりだった気がします。

鈴音と千隼でなければ、私は元極道ヒーローなんて書けなかったかもしれません。

千隼は元極道ではありますが、鈴音の前ではただの恋する男性で、なんなら既刊のヒーローの中でも嫉妬深い方だと思います。私はそこがお気に入りでした。

ちなみに、鈴音が働く半澤総合病院は、『極上ドクターの溺愛カルテ～甘い秘密は恋のはじまり～』のヒーローとヒロインの職場でもあります。残念ながら本編ではリンクさせられませんでしたが、番外編でほんの少しだけおまけしてみました。


最後になりましたが、色々とご指南くださった担当様、ご縁をくださったマーマレード文庫様、この作品に携わってくださった方々に、心よりお礼申し上げます。

また、表紙を担当してくださいました、夜咲《やざき》こん先生。麗しいイラストを描いていただき、本当にありがとうございました。ヒーローの色気にときめき、素敵な和の雰囲気や私のイメージ以上に美麗な刺青を拝見して感激いたしました。

そしてなによりも、いつも応援してくださっている皆様と今これを読んでくださっているあなたに、精一杯の感謝を込めて。本当にありがとうございました。

またどこかでお会いできることを願って、今後とも精進してまいります。

河野美姫

マーマレード文庫

# (元)若頭社長の寵愛本能のなすがまま
## ～甘やかし尽くして、俺の色に染めてやる～

2023年6月15日　第1刷発行　定価はカバーに表示してあります

著者　河野美姫　©MIKI KAWANO 2023
編集　株式会社エースクリエイター
発行人　鈴木幸辰
発行所　株式会社ハーパーコリンズ・ジャパン
東京都千代田区大手町1-5-1
電話　03-6269-2883（営業）
0570-008091（読者サービス係）
印刷・製本　中央精版印刷株式会社


ISBN-978-4-596-77494-1



m a r m a l a d e b u n k o